ひとりずもう

さくらももこ

集英社文庫

もくじ

ひとりずもう

不安な日々

と思う。

私は、他の子供に比べて、性に関しての正しい知識がかなり遅れていた方だ

男といえばチンチンがついていて、女はチンチンがついていなくてオッパイがついている、という事ぐらいは幼い頃から気づいていたが、父ヒロシのチンチンを見て「チンチンて変なのーっ」と言って馬鹿にしては笑い、ヒロシはヒロシで「なんだこりゃ」と自らのチンチンをすすんで笑い者にしていた。

なので、チンチンについては「変なの」という以外には何も知らなかった。まさかあの変なのが、状況に応じてやや変化するなんて予想もつかなかったし、小便以外の物を出す事があるなんて全く考えた事も無かった。

女の方はオッパイの件以外にも男とは違う現象があるという事実を初めて知

ったのが、小学校五年生の時だった。保健の授業で知ったのだ。私以外のほとんど全員の女子が既に知っていたらしく、私しか驚いていなかった。

毎月流血するなんて、そんな恐ろしい事が女だというだけで起こるなんて、何かの間違いじゃないのか⁉ だいたい、そんなに血を流したら、生きていられないんじゃないか⁉

にわかには信じられず、しばらくの間次々と生理に関する疑問が湧き続けた。学校の授業では「女子は、いずれ全員生理が来ますから、そういう時も慌てず、お母さんに相談しましょう」というような事しか教えてくれず、何がどうなって一体どこからどういう状況で血が流れるのか等々、詳しい事は全然よくわからなかったので、私は動揺したまま不安と疑問を抱えた日々に突入した。

町で見かける大人の女の人達全員が、生理を経験しているなんて、まだ信じられなかった。そんな恐ろしい事が毎月起こっているのに、よく平気な顔をして何事も無いように過ごしていられるよなァと呆《あき》れるような気持ちも感じていた。

　うちの母や姉もそうなのか、と思いハッとした。そういえば、うちのトイレに時々血があるのを見かけ、私は何か得体の知れないホラー的な恐怖を感じ、夜中にひとりでトイレに行けなくなっていた。当時、うちのトイレは水洗ではなかったので、夜中にトイレに行ったら、便器から血まみれの手が出てきて尻を撫《な》でるんじゃないかとか、下手すりゃ便器の中に引きずり込まれるかもとか思っていたのである。

　それで私は、小学校五年生にもなってまだ、夜中にオシッコがしたくなった時には親を起こしてトイレまでついて来てもらい、戸を開けたまま用を足していた。この件については親を起こすたびに「いい加減ひとりで行けっ」と厳しく注意されていたが、とてもそんな勇気は無かった。

　私がおびえていた血は、オバケによるものではなかったと判明したが、それでも夜中にトイレに行くのは怖かった。そもそも、それが本当にあの母や姉の血かどうかもまだ信じられない。でも本人達に確認するのも嫌だ。

母も姉も、自分とは何か違う人間のような気がしていた。同級生の女子でも、三分の一ぐらいの人達が生理になっていると知った時にはものすごく驚いた。あの子もあの子も、と知るたびに「げげっ」と心の中で何回も叫んだものだ。

生理なんかになるなんて、そんなのまともじゃないと思い、生理になった女子の事を内心少し軽蔑していた。普通なら、生理なんかにならずにこうしていつも通り生きていられるはずなのだ。それが生理になるなんて、なる人の方がどうかしている。

私は生理なんかになりたくないし、ならないように気をつけようと思った。生理になっている人は、胸が大きくなったりしているから悪いのだ。幸いな事に、私はまだまだ胸が小さいから、この調子で胸が大きくならずに済めば、生理を回避できるかもしれない。

そう思い、毎晩うつ伏せで寝るようにした。胸に圧力をかければ、やたらと膨らんだりしないだろう。生理なんかになった人は、こういう努力を怠ったからいけないのだ。

努力のかいがあり、私の胸は小学校六年生になっても大きくならずに済んでいた。クラスの女子達は次々と生理になっていったが、私は無事だったので少し得意な気持ちだった。生理になったという人を見ると、気の毒だなァという哀れみさえ感じた。

体に目立った変化が無かったので、私はまだ父ヒロシと風呂に入ったりしていた。風呂の中でヒロシに流行歌を教えたり、スイカを食べたり、オナラの泡を笑ったりしていたのだ。

小さい頃からそうしていたので、そのままそうしていたのだが、クラスの女子の中で父と風呂に入っている者が自分以外には誰もいない事がわかり、これは大恥じゃないか……と思った。考えてみれば、姉だって小学校五年生頃からひとりで風呂に入るようになっていたのに、なんで私はまだヒロシと一緒に入って歌まで歌っているんだろう。うっかりしすぎである。

それでヒロシに「もう一緒に風呂に入らないから」と急に宣言したら、ヒロシは「は？　何で？」と実に意外そうな顔をした。ヒロシだけでなく、他の家族もキョトンとしていた。誰一人、私の事を年頃の娘だからとは思っていない様子である。姉の時には皆、別に意外にも思わなかったし、キョトンともしなかったのに、私の時にはこんなにあからさまにキョトンとするなんて、失礼だ。

少し頭にきたが、それ以来ヒロシと風呂に入らないようになり、私もクラスの女子と同様にひとりで風呂に入る者となったのだが、別に体に変化があったわけでもないのに急にひとりで入る事になってしまい、歌も歌う気にならず、スイカを食べる気にもならず、オナラをしても面白くなく、つまんないなァ……としばらく寂しい気分が続いた。

中学一年になると、クラスの女子のほとんどが生理になり、生理が来ていないのはかなりの少数派となったが、私は自分が生理になっていない事をまだ自慢に感じていた。胸の出ない努力や、なるもんかという心意気がこのまともな状態を維持しているのだ。

生理になっている女子達は、こそこそ隠れて何かポケットに入れてトイレに向かっているので、「みんな、何を持っているのかなァ」と疑問に思っていたのだが、ある日友達からそれは生理用品だと教えてもらい、なぜそれが必要なのかも詳しくきいて仰天した。

私は、生理の流血とは、オシッコのようにジャーといっぺんに出て終わりなのだと勝手に思い込んでいたのだ。何日間にも亘《わた》り流れ続けているなんて、しかもそれはオシッコとは違う所から流れるなんて、そんな変な仕組みになっているなんて……また新たなショックを受けてしまった。

そんなとんでもないめには絶対にあいたくないと思い、「どうか神様、生理

しーーん
あーあ
つまんないな

にだけはなりませんように……」と毎晩布団の中で強く祈った。生理になんてなったら、絶望だ。人生おしまいだ。

東海地震と生理は、いつ来るかわからないという不安が常に私の心に大きくのしかかっていた。もしも同時に発生してしまったら、私は生き延びる事はできないだろう。できればどちらも一生発生してほしくない。このまま無事に大人になって老衰で死にたい。

私は、生理にならずに一日が終わると、その事についての感謝も祈りにつけ加えるようにした。「ああ神様、今日も生理にならなかったので助かりました。ありがとうございます。明日も決してなりませんように……」と、こんな感じである。きちんとお礼を言った方が神様だってよく守ってくれるんじゃないかと思ったのだ。自分が神様だったとしても、礼儀正しい人の方が守ってやりたいと思うので一応そうした。

礼儀正しくしたせいもあり、中学二年になってもまだ生理にならなかった。

クラスの中で、生理になっていない女子は二名だけだった。

たった二名という現実に直面し、私はやっと我に返った。女だったら当たり前だと言われている現象に対し、自分は何を立ち向かおうとしていたのか。皆、自然に受け入れているのに、私はそれに背を向け、神にまで祈った結果がたった二名の一員とは。

その日から、うつ伏せで眠るのをやめ、神への祈りも「ああ神様、今まであれほど生理にならないようにして下さいとお願いしてきたのに、本当にすみません。やっぱり、生理が来ますように……。私だけ来なかったら、困るんです。すいませんけどよろしくお願いします」と、急きょ変更した。いくら礼儀正しく祈ってるつもりでも、神様だって少しゃ頭にきたかもしれない。来るなと言われていたから止めといたのに、急に来てくれと言われても、はいはいと簡単に呼べるもんじゃない。神様はそう思ったのだろう。祈りを変更してからもしばらくの間、生理は来る気配も無かった。

ひょっとしたら、自分は今まで女だと思っていたけれど、実は男だったんじゃないか……そんな不安も湧いてきた。そう思うと、今まで女だと思って生きてきた人生って何だったのだろう……と悲しくなり、今さら男子として生きてゆく事になったら嫌だなー……と憂え、つい習慣でうつ伏せ寝をしてしまいそうになったが、かろうじて仰向けを保った。

自分は男子だったのかもという深刻な悩みを抱き始めていたある日、突然生理はやって来た。

来てくれと願っていたはずなのに、いざ本当に来られると、やはり激しいショックを受けた。とうとうこんな事になってしまった……という重く暗い嫌な気分と共に、どうしようという焦りと、誰にも知られたくないという恥ずかしさが湧き起こった。

私は家族に見つからないように生理用品を探したが、どこにあるのかわからず仕方なく母に告げた。

母は「ええっ、あんた生理になったの!?」と驚いた。まるで私が生理になる事を忘れていたのかと思うような驚きぶりだ。これだから、誰にも言いたくなかったのだ。

すぐにヒロシにも知られた。ヒロシはニヤニヤしながら、「おう、なったんだってな」と無神経丸出しのセリフを吐いた。ちょっとからかったつもりだろうが、私は心底嫌気がさしていた。

男じゃなくて良かったという喜びはひとつも感じず、神様にお礼も言い忘れ、これからずっと生理が毎月来るのかと思うとひたすら気が重かった。

実際、私はずいぶん長い間、生理が来るたびに「ぎゃっ、来たっ」と毎回新鮮に驚きうろたえ、動揺していた。慣れて当然の事かもしれないが、私はなかなか慣れずに、今もまだ「ぎゃっ、来たっ」と軽く動揺し続けている。血は、人を動揺させるのだ。赤色というのは必要以上に衝撃を与える。これが、赤ではなく、うぐいす色だったらまだ衝撃が少なくて済むと思う。

うつ伏せ寝の効果は絶大で、あれ以来私の胸は大きくならずに済み、無念さがつのる一方だ。

男子への嫌悪感

ほとんどの女子は、かなり小さい頃から男子の事を軽蔑している。男子は、どうしてこんなに字が下手なんだろうと呆れ返るようなみっともない字を平気で書き、絵はチンポかウンコかガイコツばかり描き、漫画もチンポやウンコやハゲおやじが出てくるようなものばかり読み、給食の最中もふざけて笑って牛乳を鼻や口から出したりし、そうじ時間はホウキをバットにして雑巾を投げて野球をし、いくら先生に怒られてもやめずに、小学生時代から中学生になってもまだ同じ事をやり続けている。

女子からしてみれば、男子の気が知れない。ふざけて男子の字のマネをしようと思ったってあんなに下手には書けない。左手で書いたって男子の字よりはまだましだ。チンポやウンコの絵なんて絶対に描きたくないし、男子の読んでいる漫画なんて見たくもない。給食中に汚いマネをするのもやめて欲しいし、そうじ中に野球をやるのも大迷惑だ。なんで小学生の時から中学生になっても、まだそんなくだらない事ばかりやり続けているのか、女子同士の間ではいつも「男子ってホントにバカだよね」と言い合っていた。

私も、もちろんそう思っていた。男子はホントにバカだ。くだらない。だらしない。関わるとろくな事がない。

と思っていたのだが、その辺に男子がウロウロしていると、ついついからかいたくなってしまい、結局私は小学校の頃からけっこうよく男子と遊んでいた。

女子同士で遊ぶ場合はままごとや人形だったが、男子も一緒に遊ぶ場合は探険隊になったりし、ドリフのマネをしながらビンのフタを拾い集めたり、自転車を乗り回したりしていた。ダンゴムシ拾い競争や、せみのぬけがら取り競争や、カエルの解剖など、およそ女子同士では絶対にやらない展開になり、しまいにはつまらない事で必ずケンカになるのだが、それでも面白くて男子がいると「よう」と声をかけて遊んでいた。

私が一緒に遊ぶ男子は、クラスでも弱めな方で、えばったり暴れたりする男子とは関わらないように気をつけていた。ものすごく頭が悪い奴《やつ》でも性格が明るくて面白ければ仲間にしたし、目立たないけど実はお調子者という男子達とは仲が良かった。人気者の男子とはあまり縁が無く、いてもいなくてもどっちでもいいタイプという男子と気が合ったのである。

私自身も、クラス内で目立って活躍する女子ではなかったし、役に立つわけでもなかったが、実はお調子者というタイプだったので同じようなタイプの男子と気が合ったのだ。しかし、考えてみればクラスにはお調子者の女子というのがほとんどいなかった。たぶん、私ともうひとり、カヨちゃんぐらいしかいなかった気がする。

カヨちゃんは、私より目立つお調子者だったうえ、ドジだったので男子からもよくからかわれていた。その点、私は男子なんかにからかわれるようなドジは踏まなかったため変に目立つ事もなかったが、お調子者同士としてカヨちゃんとは仲が良かったので、ふたりでふざけて男子から水をぶっかけられたりする事はちょくちょくあった。

私とカヨちゃんは、中学になっても男子から水をぶっかけられたりしていた。休み時間も男子達と一緒に外でワーワー遊んでいた。弱めな男子をからかいすぎて泣かせてしまい、面倒くせぇなァと思いながらも「ごめんごめん」と百ぺんぐらい謝ったり、転んで涙ぐんでる男子を保健室まで連れて行ったり、余計な手間も多かったが、それでも面白かった。

それが中学二年になり、気の合う男子達もみんな違うクラスになってしまい、カヨちゃんとも違うクラスになってしまった。男子達は全体的に不良っぽくなり、それ以外はガリ勉か陰気な弱虫で、もう前のような陽気で愉快なムードではなくなった。

私も生理になり、他の女子と同様に、やっと本気で男子の事がバカらしく思えてきた頃、既に他の女子達は、男子を異性として意識するようになっており、もうやたらと男子を軽蔑したりしないようになっていた。

私は他の女子よりいつも遅いのだ。他の女子が色気づいてきて男子を甘やかし始めているのに、私はどんどん男子が嫌になり、なるべく口もきかないようにし、関わらないようにした。

そのため、私は性知識に関してもクラスで一番遅れてしまった。他の女子は、男子と楽しくワイ談をしたり本を貸してもらったりして、いつのまにかちゃんと知っていたのに、私は男子を嫌い、無視していたので誰も教えてくれなかったのである。

だから、男の人の方に精子があって、女の人の方には卵子があるのはわかるけど、一体どうやって女の人のお腹《なか》の中に赤ちゃんができるのかな？　という小学校の時からの疑問が中学三年になってもわからずに、ずっと不思議だなぁと思っていたのである。

TVでベッドシーンを見ても、決定的な部分は全くわからなかったので、あやって男女が裸で布団に入っているうちに、何となく赤ちゃんができるのかもなァ……と本気でそう思っていた。それか、ヘソに何か秘密があるのかもしれないな、とも思ったりしていた。

私が知らないという事が、なぜかクラス中にバレてしまい、男子はもちろん女子の間でも笑い者になった。他のクラスの男子にまで「おまえ、知らないんだってな」と言われてギョッとした。このままでは、学校中の笑い者になってしまうかもしれない……と不安になったが、それにしても知らない事がそんなにおかしいだろうか？　中学生のくせによく知っている方がよっぽどどうかしてるんじゃないか、という気もしていた。

知らなくてもいいやと思い、知ろうとせずに過ごしていたのだが、おせっかいなクラスメイト達が次々「まだ知らないの？」と近寄ってきて説明しようとするので私は困惑していた。

そんな事を話そうとするクラスメイトも嫌だったし、それをきくはめになる自分も居たたまれない程恥ずかしい。よくみんな平気でワイ談なんてしているよなァ、言ってて恥ずかしくないのだろうかと思っていたので、私はみんなの説明を拒み続け、知るチャンスを逃し続けていた。

見るに見かねた友人が、とうとう「これを読めばいろいろわかるから」と言って、青春の体験本を三冊貸してくれたので、多少ためらいはあったものの、一応読んでみる事にした。

それを読み、いろいろ知った私は、生理の事を知った時以上にショックを受けた。自分にはそんな無茶な事は不可能だと思い、もしもそんな事になったら、内臓破裂で死ぬのではないかと暗い気持ちになった。更に、単に変なのと思っていたチンチンが、変化する物だと知ったのもショックだった。どういう変化なのか具体的なイメージは湧かなかったが、臨機応変に対応できる優れた物という印象を受け、それがある方がいいよなァと少しうらやましくなった。

改めてヒロシのチンチンを見てみたいと思ったが、もう風呂にも一緒に入ってないし、前のようにヒロシがチンチンを出したまま部屋の中をウロウロしているという光景も見られなくなっていた。ヒロシも年頃の娘達の前でチンチンを丸出しにするのは気恥ずかしいと感じたのだろう。ヒロシのチンチンは舞台そでに退場し、私が観客のチンチン劇場の第一部はひとまず終了した。だが第二部はまだ当分始まらない。チンチン劇場の幕間《まくあい》の時期に入ったといえる。

チンチンが無意味なでくのぼうではない事がわかり、その物自体の評価は上がったが、そんな物を身近な男子達が全員所有していると思うと気持ちが悪くなってきた。女子より顔もどんどん変形しているし、全体的に毛とか何かよくわからないけど汚らしさを放出している感じもするし、背もやたらと伸びて狂暴になっている気がする。

私にとって、男子はゴリラかオランウータンだった。万引きをして先生に怒られている男子を見ても、ゴリラかオランウータンだから、泥棒も平気でするだろうなァと思ったし、ケンカをしている男子を見ても、そりゃゴリラかオランウータンだからケンカもするだろ、と思ったりしていた。

ゴリラかオランウータンになんて、いくら言ったってどうせ何もわかりっこないんだから言うだけムダだと思い、私は男子とますます関わらないように気をつけた。下手な事を言って暴れられてケガでもしたら大損だし、無視するにこした事はないと思ったのである。

男子にひとつも親切にしてやらず、無視し続けた結果、「さくらは話のわからない、可愛《かわい》げのない女だ」と男子達から言われるようになったが、こちらとしてはもともと男子なんかに話がわかるもんかと思っていたし、かわいい奴だと思われて追っかけられたりしても大迷惑なので、可愛げがないという評判については悪い気はしなかった。むしろ、気に入っていたように思う。

あんな男子達に、好意を持っている女子が多数いる事が私には本当に信じら

こらっ
バカか
おまえら
男子って
ゴリラだから
どうせ言っても
ムダだろうな

れなかった。男子に対して胸をときめかせ、休み時間もせっせと髪型を整え、スカートの長さをミリ単位で気にし、リップクリームをつけたりし、気を引く努力を受験勉強より熱心にしているのだ。ブルネイやアラブの王子の気を引くためというのならわかる。しかし、ゴリラやオランウータンの気を引くために、いっしょうけんめい努力するなんて、動物園の飼育係の人にも「そんな事したってムダだ」と言われるぐらいバカらしい行為だ。

私は、夜中にひとりでいわさきちひろの絵本を見たり、アルプスの美しい景色の写真集を見たり、高山植物の絵を描いたりして過ごす事が多くなっていた。うす汚い感じのする現実に耐えられず、透明感を求めていたのである。コップの中にサイダーを入れたりしたら、しばらく目が釘付《くぎづ》けになったものだ。

シャガールやミロやクレー等が大好きになったのもこの頃だった。画集を開けばそこには万引きやチンチン等のゴリラ的な世界とは無縁な、素晴らしい感性の世界が広がっていた。学校の帰り道では土手の花を摘み、少女漫画を買って帰宅した。貧乏臭い部屋に摘んできた花を飾ると尚更《なおさら》貧乏臭さが増したが、それでもそうしたかったのだ。

高校は、公立の女子校への入学を希望した。共学なんて絶対嫌だったし、女子校なら今の成績で充分楽に入れるし、学費も安いし良い事だらけだ。

進路も決まり、あとは受験に向かってがんばりましょうという時期になり、私も少しは勉強していた。入試に合格しさえすれば、男子のいない日々がやってくるのだと思うと胸が躍った。クラス全員が女子なんて、どんなに楽しいだろうか。親友のたまちゃんも同じ高校を受験するし、高校への期待は高まっていた。

そんなある日、教室の中で私とすれ違った不良っぽい男子が、セーラー服の上からサッと私の胸を触ったので、私は心臓が止まる程ビックリしてその場に呆然《ぼうぜん》と立ちつくした。

男子は「全く無いと思ってたけど、一応少しはあるんだな」と私の胸を触った感想を淡々と述べた。

この時、自分でも自分の心境に驚いたのだが、怒りや恥ずかしさや照れやその他もろもろの感情が一切湧かずに、至って冷静に〝ああ、今私達は思春期なんだ。青春なんだな〟と思ったのである。

私は、自分の体の変化や男子の変化に馴染《なじ》めず、悶々《もんもん》としたり嫌気がさしたりしていたが、男子だって同じように自分の体の変化や女子の変化が気になっていたに違いない。自分だけじゃなく、みんなそういう時期なんだという事に、やっと気づいたのであった。

今まで男子をゴリラだと思い、必要以上に冷たくしてきた事に少し申し訳なさを感じ、消しゴムぐらいなら男子に貸してあげるようになった。消しゴムを貸してあげれば、男子は「さくら、ありがとう」とちゃんとお礼を言って返してくれるし、自分で思い込んでいたほど別にゴリラでもなかった。

男子に対してのゴリラ感が日毎《ひごと》に薄れ、卒業する頃には、男子がいる高校生活もいいかもなー……と思い始めていたが、私は無事女子校に合格し、これからは男子がひとりもいない学校生活が待っているのであった。

女子校

った。

望み通り女子校に入学した私の、女子しかいない学校生活がいよいよ始まった。

入学したとたん、ほとんどの生徒が「あーあ、男子がいればねぇ……」とため息をついていた。私もそう思った。いくらみんなでそう思ってもここに男子はいない。承知のうえで入学したはずだが、実際ホントにいないとなるとなんと張り合いが無い事か。

だが、男子がいないおかげで話題は男子の事ばかりとなり、入学式から一週間も経《た》たないうちに、クラス中が仲良くなっていた。担任の先生は学校で一番厳しくて怖いと言われている男の先生だったが、みんなあまり気にしていなかった。

授業中は、ムダ話とエロ本のまわし読みがされまくり、休み時間はワイ談で盛り上がり、昼食の時間になると学食のラーメンやうどんやカツ丼を食べながらワイ談をし、下校時には路上ですれ違う他校の男子達にドキドキしながらも、安くて量の多いパフェの店やあんみつ屋等に寄り道し、店内でもまだワイ談で盛り上がっていた。

中学の時は、あんなに嫌だと思っていたワイ談が、こんなに面白いものだったとは、今までしなくて損したなぁと感じていた。近くに男子がいないと恥じらいもリアリティも無いため、いやらしい話にどんどん尾ひれが付き、いやらしければいやらしいほどおかしくて大笑いした。

そのうち、クラスメイトの中にも「経験した」と言い出す者が現れ、私はまた久しぶりに動揺を感じた。自分の身辺にワイ談と同じような事をする者がいるなんてビックリだった。そんな事をする若者は東京の不良学生か、チンピラぐらいしか実際にはいないと思っていたのだ。

動揺しつつ、すかさず体験者に話をききに行った。「やっぱり痛いの？」という質問にはどの体験者も「最初はものすごく痛い」と答え、「どういうふうに痛いの？」という質問には「今まであんな痛いめにあった事ない」とか「何て言っていいかわからない」とか、「死ぬかと思った」など、結局詳しい事はわからなかったので、私は「下痢の腹痛より痛いの？」と比較する痛みを持ち出して尋ねたが、みんな「それとは違う」と言うばかりで見当がつかなかった。

痛み以外にも、私は体験者達に「そんな事するのって、恥ずかしくないの？」と尋ねた。女同士でも服を脱ぐのは恥ずかしいと思っていたし、中学の時水着姿を男子に見られるのも嫌だったので、それ以上の事をするなんて考えただけでも恥ずかしくて絶対できないと感じていたからだ。

しかし、みんな「恥ずかしいとか言ってる場合じゃないんだよ」と言ったので、私には全く理解できなかった。風呂屋の火事じゃあるまいし、恥ずかしいとか言ってる場合じゃないなんて、一体どういう状況だろうと首をかしげる一方だ。

こうして首をかしげながらも、〝あーあ、この人達はもう処女じゃないんだなぁ……〟という呆れつつ寂しい気持ちを感じていた。

私は、まだ当分処女でいたいと思っていた。自分の事を少女だと思っていたし、少女は処女の方が良いと思っていたし、簡単にそんな事するもんじゃないとも思っていたし、する覚悟も全くできていなかった。でもワイ談はし続けていた。

休み時間にはみんなお菓子を食べながらワイ談をしたり雑誌を読んだりし、そうじ時間もムダ話をし、教室はどんどん荒れていった。それでも別に誰も気にせず、校内の合唱コンクールの練習もみんなサボり、リレー大会の練習もサボっていた。

そんなある日、学校で一番怖いと評判のあの担任の先生が、「おまえらはバカだっ。いつかキチンとするかと思って黙ってりゃいい気になりやがって、こんなだらしねぇクラスは無いぞっ。合唱コンクールやリレー大会もビリだし、やる気がねぇなら全員学校なんかやめちまえっ。オレはもう、こんなクラスなんて知らねぇからなっ。ホームルームにも出ないからなっ」と、遂《つい》に大爆発して去って行った。

先生が去った後、すぐにみんなムダ話を始め、先生が怒った事については特に誰も気にしていなかった。先生に言われるまで気がつかなかったが、言われてみればなるほど、うちのクラスは学校で一番何も気にしないクラスなのかもなァ……と私は思い、そんなクラスで良かったなァと喜びすら感じていた。

先生の宣言通り、次の日のホームルームから、先生は本当に顔を出さなくなった。もちろん誰も気にせず、「先生がいなくて楽しいね」と言いながら全員ムダ話やスナックを食べたりしていた。気楽に過ごしているだけなのに、先生は一体どうしてあんなに怒ったのかな？　という程度にしかみんな思っていなかったのである。

担任の先生の教科は体育だったので、私達は体育の時間だけは先生と顔を合わせなくてはならなかった。全員バカだと言われた我々も気まずかったが、言った方も気まずかったと思う。でも、その事は置いといて、お互いに普通に授業をするしか無かった。

実技の体育の時は運動をしていれば良かったのでまだ気まずさは軽かったが、問題は保健体育の授業だった。

性行為についての、わりと詳しい内容にさしかかったとたん、クラス中のムダ話がピタリとやんで、水を打ったような静けさになった。

担任の先生は異様に静まり返った我々に対してものすごくやりにくそうな気配を漂わせていた。そして気まずい怒りを浮かべながら、「今さら授業でわざわざ教えてもらわなくても、おまえらとっくに知ってる事ばっかりだろ。それをすました顔して黙りやがって、少しゃ笑えよ」と、たぶん捨て身のセリフを言ったのだと察するが、誰一人笑わなかった。

それで更に気まずくなった。笑えよと言われても、笑えないよなァ……と全員思っていたと思う。こんなに静まり返った教室は初めてだった。くだらない状況で静まり返っているよなー……と思うと急におかしくなり、思わず私だけが笑ってしまった。

つられて笑った者はいなかった。今度は私ひとりだけが大変気まずいという状況だ。もう、深めに下を向くという事ぐらいしかできなかったのでそうしていると、「さくらだけが正直だ」という先生の声がきこえ、その後事務的に教科書を読み上げる声がし、何の補足も無いまま性行為の項目は終了した。

五月の半ばから、先生がホームルームに来なくなり、一学期が終わろうとしていた。夏休みに入る前に担任との個人面談があり、ひとりずつ先生に呼ばれた。

私の順番になったので教室に入ると、先生は「さくらは、今のところ何の問題も無いな。進路はどうしたいんだ？」と言ったので、私は「……推薦で短大に行きたいです」と答えると、先生は「受験する気は無いのか」と言ったので「そんなに勉強する気はありません」と答えた。

本当は漫画家になりたいので、短大にも行かなくてもいいと思っていたし、高校もどちらでもいいとすら思っていたが、意外と楽しいので来ているだけです、と言いたかったがとても言えなかった。たぶん漫画家にはなれないだろうし、そうなると一応短大ぐらいは行っておいた方がいいんじゃないか、という簡単な人生計画により、短大という進路を決めただけだという事も、決して言えやしない。

先生は「まァ、今の成績なら推薦でいけると思うから、この調子でがんばれよ」と言ったので私は「はい」と答え、席を立とうとした。すると先生が「漫画家も大変だぞ」とボソッと言ってニヤッと笑ったので、私は全身の血液が逆流するのを感じながら「ええ、大変でしょうようねぇ……」というような事を言い、そそくさと教室を出た。

なんで先生が知っているのだろう。私は、漫画家になりたいなんて、親にも友達にも言った憶《おぼ》えはなかった。そんな事を言うのは、小学生がアイドルになりたいと言うのと同じぐらい、非現実的な夢物語だという事も自分でよくわかっていたので、恥ずかしくて誰にも言えなかった。

先生がどうしてあんな事を言ったのか、わからないまま夏休みになり、毎日ボケーーッとしているうちに夏休みは終わり、二学期になっても先生はホームルームに出て来なかった。私は二学期のクラス委員になってしまい、ホームルームに先生が来ない事が少しは気になっていたのだが、みんな全然気にしていなかったので、そのうち私も全然気にならなくなった。

先生は、もうホームルームには来ないんだ、そういう人なんだ、と決めてしまえば気も軽かった。そういう人なんだから、来なくて当たり前なのだ。先生が来ない方がみんなも楽しそうだし、ずっとこのままにしておこう。

クラス委員として何もしないまま十二月になった。もうすぐ冬休みだなーと

先生こないけど
みんな気に
してないし…
ま〜いいか
キャハハ
ワイワイ
ガヤガヤ

思っていたある日、私以外のクラス委員二名から「……やっぱり、いくら何でも先生に謝った方がいいんじゃないかと思うんだけど」と言われたので私は「えっ!!」と驚き、すぐに「そんな事しなくてもいいんじゃないの」と言い返した。

ホームルームに先生が来ないというのは、みんなも気楽だし、私自身も気楽だし、先生だってきっと気楽だろう。誰もがこの状態を好んでいるのに、わざわざそれを台無しにするなんて、しかも私がやらなきゃならないなんて、絶対に嫌だ。やりたくない。

私はこのままで良いと強く訴えたが、いいわけないじゃんという他二名の意見に押され三人で先生の所へ謝りに行く事になった。

なんで私が謝りに行かなきゃなんないんだよ……という思いがつのっていた。そもそも、謝らなければいけないような悪い事をした憶えもないし、一体何て謝ればいいんだろう。先生が怒ったのも半年以上前の事だし、何が原因で怒られたのか把握している者は誰もいないではないか。

しぶしぶ職員室に行き、私以外の二名が先生に「どうもすみませんでした。私達が悪かったです。またホームルームに出て下さい」と謝り、頭を下げたので私もマネをして頭を下げた。先生は、「もっと早く言いに来い」とだけ言い、私達は頭を下げたまま「どうもすみませんでした……」ともう一度言い、トボトボと職員室を出た。

やはり、あのままでいいわけなかったのだ。私以外の二名が気がついてくれて良かった。これ以上謝るのが遅れていたら、先生はもう許してくれなかったに違いない。こうして済んでみると、さっきまで自分がどうして謝らなくていいなんて思っていたのかと不思議に思える。謝らなくていいわけないじゃないか。私達はだらしがなく、いい加減で、ワイ談ばっかりしていて、お菓子も食べ放題だったのだから、先生に謝るべきだったのだ。

冬休み直前に、先生はホームルームに戻ってきた。クラス全員で「どうもすみませんでした」と先生に謝り、教室の中も少しはきちんと片づけた。それでもワイ談とお菓子は誰もやめず、エロ本は出回り続けた。これで、もし三学期も先生が怒ったとしても、私はクラス委員ではないから別にいいやという気もしていた。とりあえず、先生の怒りが年内に収まってホッとした。あとは正月を待つだけだ。

オシャレ

私は、中学生の時までオシャレに全く興味が無かった。他の女子達はたぶん興味があったと思うが、他の女子がオシャレに興味があるのかどうかという事さえ別に気にしていなかった。

だから小学生の頃はいつも姉や近所のお姉さんからもらったお古を着ていたし、中学生になってからはどこに行くにも制服を着ていた。制服って、便利だなァと思っていたし、家にいる時は学校で使っているジャージを着ていたので、ジャージも便利だなァと思っていたのである。

たまに母と服を買いに行く事になると、とても面倒だった。洋服売り場なんて全然興味が無いのに連れ回され、あれが似合うとかこれは似合わないとかサイズが合わないとか色が変だとか言われてなかなか決まらない。正直言って、私はどれでもいいのだ。こんなつまらない場所より、ペット売り場か書店コーナーにさっさと行きたいという思いでいっぱいだった。

それにしても、母は私に何が似合うとか似合わないとか、そんな事がよくわかるよなァと不思議だった。大人になると、自分が似合う服が自然にわかるようになるのだろうか。

その件について母に尋ねると、「だんだんわかってくるんだよ。うちのお父さんみたいに、いつまで経ってもわかんない人もいるけどね。そういうのをセンスが無いっていうんだよ」と教えてくれた。言われてみれば、ヒロシが自分で服を選んで買っているのを一度も見た事が無い。くつ下やパンツまで、必ず母が買った物をただ自動的に着ているだけだ。

私もヒロシと同じ状態だった。くつ下やパンツはもちろん、クツや給食袋まで母が揃《そろ》えた物を自動的に身につけていた。これじゃヒロシと私はマヌケな親子ロボットじゃないか。しかし、自分では一体何を着ればいいのかよくわからないのでヒロシも私も自動的な日々を有難く送っていた。

ヒロシと私は髪も母に切ってもらっていた。別に母が散髪を得意としていたわけではない。たいして上手《うま》くもないのに、「私が切ってやるから」と言うので、ヒロシも私も何となく切ってもらっていたのだ。

そんな具合だったので、私の髪型は常にパッとしなかった。ヒロシもパッとしていなかったが、ふたりとも髪型だけが良かったとしてもたいしてパッとするような人物ではないので、パッとしていない髪型でもそれなりに似合っていたのかもしれない。

それでも中学三年になった頃、急に髪をのばしてみようかと思いついた。今からのばせば、高校に入る頃には三ツ編みができるようになるだろう。セーラー服でおさげ髪というのは、女子高生のあるべき姿ではないか。

何とも古臭いイメージだが、セーラー服でおさげ髪という姿への希望はどんどん膨らんでいった。その姿でラーメン屋の看板の陰でラブレターでも握りしめていたら完璧だ。名前もミヨちゃんに改名できるものならしたいぐらいだ。

計画通りに中学三年の一年間で髪はのび、高校入学と同時に私はセーラー服でおさげ髪の姿になった。自分でイメージしていた通りの正しい女子高生の姿がそこにはあった。この和風で地味めな顔立ちに、おさげというのは良く似合うなァと我ながら感心した。

ところが、入学してまもなく母が私の前髪を切りすぎてしまい、非常にみっともなくなった。いかにも自宅で散髪に失敗しましたという前髪だ。どうにもこうにも手のほどこしようが無い。

それから一か月間、私は泣く泣く片手で前髪を隠しながら登校した。学校に着けば女子ばかりだから前髪が変でもこの際かまわないが、登校中によその学校の男子に見られるのが嫌だったのだ。

クラスメイト達は私の切りすぎた前髪を見ても誰もバカにしたりせず、「そんなの、すぐのびるよ」と言って励ましてくれた。心の中では変だよなーと思っていても、男子のように「変だぞー」なんて言わないところが女子の、まあ良いところだ。

クラス内では、漫画やエロ本の他に、ファッション雑誌も出回っており、みんな夢中で読んでいた。それでも私はしばらく興味が無かったが、前髪が変になりションボリしているところへ、クラスメイトの誰かが「ももちゃんしか、こういう髪型はできないよ」と言って長い髪にカチューシャをしたモデルが載っているページを開いて見せてくれた。

確かに、うちのクラスでおさげにしているような長い髪の者は私しかいなかったので、この雑誌に載っているモデルと同じ髪型ができるとしたら私しかいない。髪が長いという事だけしかモデルと共通点は無かったが、何となく華やかなときめきを感じた。

その華やかなときめきの内容はこうだ。ひょっとして、自分もこういう髪型にしてみたら、このモデルみたいな感じになるんじゃないか!?　と、わりと多くの人が陥りがちな思い込みに簡単に陥ったのである。髪が長いという以外は、顔立ちや足の長さ等々、全く違っているという点をどういうつもりで無視しているのだろうか。今となってはあの頃、どういうつもりだったのかよく思い出せないのが口惜《くや》しい。

モデルに似るかもしれないと思い込んだ私は、早速カチューシャが欲しくなったが家には無かったので、代わりに体育用のハチマキを頭に巻いてみる事にした。

三ツ編みをほどくと、髪にゆるやかなウェーブがついており、なんか急に乙女チックな気分になった。このまま高原にでも行って、ぼんやり牛でも眺めていたら、風景画を描いていた画家が急に近寄ってきて「お嬢さん、一枚描かせて下さい」なんて頼んでくるんじゃないか。

おんぼろダンスにくっついている鏡を見ながらハチマキをした私は、わけのわからない満足を次々と感じながらオシャレに興味を持ち始めていた。セーラー服以外の服もいろいろ着てみたい。

　オシャレに興味を持ち始めたのは良いが、服が買えるようなお金は全然無かった。高校生になってから、毎月五千円こづかいをもらっていたが、漫画や食べ物ですぐに無くなった。とても服なんて買えない。だからって、いつも「金が無い」と言っている親から、これ以上こづかいはもらえない。

　みんなどうしているんだろう……と思っていたら、クラスの半分ぐらいの生徒達はバイトを始めていた。校則では、特別な理由が無い限りバイトは禁止されていたが、誰もそんな事は気にしていなかった。オシャレのためにちゃんと働いているんだから、別にいいだろという感じである。

　実際、みんな真面目によく働いていた。弁当屋の厨房《ちゆうぼう》や、喫茶店の皿洗いや、農家の手伝い等、地味で目立たぬバイトをコツコツやっていた。それで月に二万円前後の収入を得、髪型を聖子チャンカットにしたり、バーゲンに行って安売りの服を買ったりしていたのだ。

カァ〜
けっこうにあうじゃん
心の中のイメージ

バイトをしていないのは、部活が忙しい体育会系の生徒か、合唱部の生徒などで、中には部活が毎日あっても日曜日にバイトをしているという生徒もいた。どっちもやっていないのはほんの数名で、私はまた少数派の一員になっていた。

みんなえらいよなー……と思うと同時に、自分はバカじゃないかとも思った。部活もせず、バイトもせず、カチューシャの代わりにハチマキを巻いて感心し、気づいたら一文無しなんて、バカという名称以外に当てはまる言葉がない。

自分も、バイトをした方がいいんじゃないか、いやすべきだろう……という気持ちになった。考えてみれば姉も高校生の時からバイトをしているし、金持ちのお嬢さんじゃないんだから、自分のこづかいぐらい自分で稼ぐのが当たり前だ。

そうは思ったものの、みんなのように弁当屋や皿洗いをする気は湧かなかった。別に働くのが嫌だというわけではないが、店の大人に怒られたりするんじゃないかと思うと、なかなかやる気がしない。

私は大人が苦手だったのだ。大人と普通に喋《しゃべ》る事さえあまり上手くできないと感じていた。大人は大人同士でよく喋れるよなァ、自分も大人になれば大人と上手く喋れるようになるんだろうか……という気がしていたほど、大人に慣れていなかったのだ。

家が八百屋だったので、たまに店番を頼まれたりすると嫌でたまらなかった。お客さんなんて、ひとりも来ないで欲しいと願いながらしぶしぶ店に立っていた。そんな状態だったので、客が来るともう慌てふためき、ソロバン塾に通っていたのに簡単な暗算も間違え、ソロバンを使っても間違え、積んであるキャベツやレタスにぶつかって落とし、お客さんに同情されて手伝ってもらったりするという有様だった。およそ客商売には向いていないのだ。

大人なのにヒロシも全く接客が苦手だった。何年も八百屋をやっているのに、お客さんに気の利いた話題のひとつも提供できず、店の中をただウロウロしているだけだった。そんな姿を見ていると、結局自分も将来大人と上手く会話のできない大人になるんじゃないかという不安がつのった。

そんなわけで、バイトはしたいけれど大人の世界に踏み込んでゆく勇気が無いという日々が続いた。大人と接しなくて済むような、何かいいバイトは無いものかと思っていたがそんな都合の良いバイトはどこにも無かった。

それで仕方なく、正月が来るのをひたすら待つ事にした。正月さえ来れば、とりあえず親や親戚からお年玉がもらえ、服の一枚も買えるだろう。それまでは制服を着て我慢するしかない。

我慢している期間にも、毎月ファッション誌にはモデルが可愛い服を着て登場し、みんなでそれを見ながら「いいなー、こうゆうの欲しいなー」と言い合い、値段を見てため息をつくという事が繰り返されていた。スカートが一枚二万円もするなんて、一体どういう立派なお金持ちのお嬢さんがこんなの買うんだろう、と私には想像がつかなかった。

モデルが着ている服やアクセサリーやバッグ等、上から下まで全部合計すると軽く十万円は超えている。十万円といえば、うちの一か月の食費よりも高い金額だ。もしも私が親にねだってコレを全部揃えてもらったら、家族が餓死するという結果になるわけだ。

例えばがんばってバイトをして、一か月二万円あったとしても、スカート一枚しか買えないんじゃ、どうにもならないんじゃないか。みんなはその辺の事をどう思っているんだろう。

そう思ってクラスメイトに尋ねると、「雑誌に載ってる服なんて、買えるわけないじゃん。あれはブランドだから高いんだよ。ブランドじゃなければ、似たような服が二千円とか三千円ぐらいで買えるよ」と教えてくれたので私は耳を疑った。

いくら何でも、似たような服が十分の一の金額で買えるなんて、そんな事は無いだろうと思ったのだが、学校の帰りにみんなが服を見に行くと言っていたので、私も一緒に連れて行ってもらう事にした。

学校から二十分ばかり自転車で走った所に店はあり、店内は同じ年頃の女の子達で混雑していた。みんなが言った通り、雑誌に載っていた服と似たような服が本当に十分の一ぐらいの金額で売られているのを見て、私は改めて驚きつつ、正月になったら自分もここへ来て上から下まで揃えよう、という希望が湧いた。

待ちに待った正月がやってきた。何の苦労もせずに三万円以上手に入るなんて、お年玉の風習を考えてくれた古《いにしえ》の日本人に感謝の気持ちでいっぱいだ。

早速みんなで安物の服の店に行くと、なんとバーゲンをやっており、ただでさえ安い服が半額になっているではないか。私はこの店が潰れるのではないかとドキドキしてしまった。持ってけドロボーという状況は、こういう事を言うのかと初めて知った瞬間だ。

友人達は次々と試着し、「わー、聖子チャンみたいー」などと言って大騒ぎしていた。そういうふうに大騒ぎしながら試着していると、聖子チャンに全然似てない人まで何となく似てるかもなと思えてくるから不思議だ。

みんなが聖子チャンで盛り上がっている時、友人の一人が「ももちゃんは、ポニーテールにしたら、中森明菜《なかもりあきな》みたいになるんじゃない」と言ったので、私は「絶対にそれは違う」と本気で否定した。

ポニーテールにしたぐらいで中森明菜に似るなんて、世の中そんなに甘くない事ぐらいいくら世間知らずな私でもよくわかっているつもりだ。自分が中森明菜に似る可能性があるなんて、どれだけ図々《ずうずう》しくなれたらそんな事が思えるのだろう。

と、つとめて冷静さを失わないように心掛けていたのだが、友人達がそれなりに聖子チャンふうになってゆくのを見て、自分もひょっとしたら意外と明菜でいけるんじゃないかという気になり、明菜っぽい服をこっそりたくさん買ってしまった。服だけでなく、ポニーテール用のリボンやアクセサリーまで購入した。

家に帰り、すぐにポニーテールにしてみた。予想以上に似合っていた。ポニーテールにしただけでこんなに似合うなんてどうしよう、とコレ以上似合うのが心配になるほど似合っている気がする。

買ってきたばかりの服を着て、アクセサリーまでつけてみると、もう中森明菜本人からも「私っぽいね」と言ってもらえるんじゃないかというぐらい、似合っている。少女Aとまではいかなくても、少女Bぐらいにはなっているだろう。Bで充分だ。正月早々、Bまでいければ非常にめでたい。

正月が明け、学校が始まった。新学期の全校集会で、校長先生が「最近、キミ達は髪型も服装も乱れている。バイトをして派手な洋服を買ったり、パーマをかけたりして芸能人のマネをしている生徒も多いようだが、キミ達は松田聖子や中森明菜じゃないっ。下手なマネをしたって誰も似てない。余計な事をせずに、もっと真面目に高校生活を送りなさいっ」と大声できっぱり言った。

全員シーンとした。私もうつむいてシーンとしていた。Bで充分だと思っていたけれど、Bはバカのの Bだよなー……とうっすら気づいたが、なるべく思わないようにしようと思った。

ペットへの願望

服をいっぱい買ったのに、まだお年玉が余っていたので、私はたまちゃんと一緒に小鳥を買いに行く事にした。

私は小学生の頃からお年玉をもらうとよく小鳥のヒナを買っていた。ある年は買ったばかりのブンチョウのヒナがこたつの上から転がり落ちて死に、またある年はセキセイインコのヒナがヒロシのうどんの中に飛び込んで死に、またある年はせっかく喋るようになったセキセイインコが逃げてしまった。死んだり逃げたりするたびに私は大泣きしていたので、親から「もう飼うな」と何度も言われていたのだが、正月が来るたびにブンチョウかセキセイインコのヒナがうちにやって来た。

私は小鳥が好きなのだ。まん丸い目で小さいクチバシで、ふわふわしててピョンピョン歩いてピーピー鳴くなんて、そんな可愛らしいものは小鳥しかいない。あんなにカワイイ生き物が、ヒナから育てれば人間になついてこの手の上に止まるなんて、キャーと叫びたいほどうれしい話じゃないか。

私の夢は、広い庭に小鳥の小屋があり、その小屋の中には手乗りブンチョウやセキセイインコ等が二十羽程度いて、庭の見えるサンルームには白いオウムが一羽、T字棒にいつもおとなしく止まっており、私が毎朝サンルームでコーヒーを飲もうとすると、オウムの方から「おはよう、ももちゃん、ごきげんいかが」と少し首をかしげてあいさつをしてくるので、私もコーヒーを飲む前に「おはよう、今日もいい天気だね」と言ってあげるのだ。

更に私の夢を語れば、広い芝生の庭では頭の良いコリー犬か或《あ》るいは毛糸玉のようなポメラニアンが二頭走り回っており、走り回る犬をよそに大きめの美しい模様のリクガメが呑気《のんき》に歩いているのである。そしてその広い庭には何かの実のなる木が何本も植えられていて、テラスから庭に出た私はコリーかポメラニアンにじゃれつかれながら何かの実を取り、その場で食べたり少しオウムにあげたりするのだ。

だから、正月にブンチョウやセキセイインコのヒナを買うというのは、その夢に一歩近づく事なのだ。けっこう重要なのである。

たまちゃんと私は、かなり遠い町の小鳥屋まで自転車で行った。今考えてみると、当時私達は本当によく自転車を利用していた。電車やバスを利用すべき距離でも必ず自転車に乗っていた。五キロぐらいの距離なら自転車が当たり前で、雨が降っていても片手でカサをさして乗っていた。別に自転車が大好きだったわけではない。歩くより速いしタダだからという理由に尽きる。

小鳥屋で、店のおじさんにヒナを見せてもらうと、ブンチョウやセキセイインコのヒナに交じって、かなり大きめのヒナが二羽いたので「これ、何ですか?」と尋ねると、おじさんは「それはオカメインコのヒナだよ。セキセイインコよりだいぶ大きくて、よく喋るよ」と教えてくれた。値段もセキセイインコよりだいぶ高かったが、買えない金額ではない。

たまちゃんも私も、それを買う事にした。本当はオウムがいる暮らしが夢なのだが、オウムは高いし、とりあえずオカメインコでも今までのセキセイインコよりは夢に近づいてきた感じがする。

オカメインコを持って帰ると、母から「またそんなの買ってきて、どうせあたしが面倒見なきゃなんないんでしょ、嫌だねぇ」と嫌がられ、ヒロシからは「また死ぬぞ」と不吉な事を言われた。口下手なくせに、つまらない事だけは平気で言うのがヒロシの特徴だ。

私は「このオカメインコに『いらっしゃいませ』って言わせりゃいいじゃん。そうすれば、お父さんが言わなくてもいいから楽だよ」と言った。するとヒロシは「おう、そうかもな」と乗り気になり、ヒナに向かって「いらっしゃいませ、いらっしゃいませ」と教え始めた。口下手だが、鳥に向かってなら「いらっしゃいませ」ぐらいなら言えるようだ。

ヒロシの教育は全く実を結ばず、鳥はいつになっても「いらっしゃいませ」の「い」の字も喋らなかった。鳥の頭が悪いのかなァとも思ったが、もし自分が鳥だったとしても、先生がヒロシじゃ「い」だって言いたくないかもなァ……と思ったりもした。

一方、たまちゃんが買ったオカメインコはカメ吉という名前をつけられ、ものすごく喋るようになっていた。たまちゃんの姿が見えると「たまちゃん、たまちゃん」と言い、エサをもらえば「カメちゃんおいしい」と言い、「こんにちは」とか「バイバイ」等、うちのヒロシよりよっぽど流暢《りゅうちょう》にいろいろな言葉を喋っていた。

たまちゃんの家には広い庭があり、オールドイングリッシュシープドッグという長い名前の大きな犬が走っており、何かの実がなる木も何本も植えられていて、そのうえ喋る鳥がいる生活になったのだ。ああ、私はなんでたまちゃんちの子供じゃないのだろう。ついでに言えば、たまちゃんのお母さんは美人で、

喋んねえなァ
面白くねえ鳥だなコレ
……
…うん
ぜんぜん面白くないね…
失望→

岩下志麻《いわしたしま》みたいに上品で、昔ミス清水《しみず》にも選ばれたのだ。庭も犬も喋る鳥もいらないから、母親だけでも交換したい。

母が嫌がっていた通り、喋らないオカメインコの世話は、母がする事になった。私がいけないんじゃない。喋らないオカメインコが悪いのだ。ヒロシの教え方も悪かったのかもしれないが、こんな事なら鳥じゃなくてカメを買えば良かった。あの鳥を買う金額を出せば、少し珍しいカメが買えたかもしれない。貴重なお年玉をムダにしてしまった。

しかし、実はうちにはカメが一匹いるのである。数年前、じいさんが（つまり友蔵《ともぞう》が）どこからか知らないが、漬け物石ぐらいの大きさのカメを拾ってきたのだ。カメを拾えば何かいい事でもあると思ったのだろうか。

そのカメは少しも珍しくないイシガメで、家の裏の四畳ぐらいの狭い荒れ地に放し飼いにされていた。この狭い荒れ地をなんとかカワイイ庭にしようと私は幼い頃から何度もチャレンジしてきた。小さな池を掘ってみたり、草花を植えてみたりしていたのだが、そのたびにボーフラが発生したり、じいさんが小便をしたり、ゴミ置き場にされたりし、常に何となく悪臭が漂う最悪の場所となったので、さすがに私もチャレンジするのをやめたのである。

その最悪の場所にカメは住んでいるのだ。春から秋の間はあの臭くて陽《ひ》のあたらない空間を意味もなく歩き、婆《ばあ》さんから腐りかけた魚の切り身をもらって食べ、時にはじいさんの小便をかけられ、冬になったら粗大ゴミの下で冬眠をする。それを繰り返しているだけの一生なのだ。

それを思うと可哀相《かわいそう》になり、カメを励ましてあげたいとも思うのだが、あの場所には行きたくない。カメよごめんと思うと同時に、自分がカメじゃなくて良かったという感謝の気持ちを抱くぐらいが精一杯である。

喋らない鳥と小便の庭に住むカメがいて、果物のなる木のかわりに八百屋の店先にある腐る寸前の果物を取ってきて食べ放題すりゃ充分夢に近いじゃないか、現実なんてそんなもんさといくら自分に言いきかせようと思っても、全然納得がいかなかった。

かろうじて、鳥とカメがいる事に関してはもうこれ以上どうこうしようと思わないが、まだ犬がいない件についてはどうにかしたいと思っていた。本当なら、コリー犬かポメラニアンが走り回っていないとダメなのだが、そんなぜいたくを今さら言ってられないので、犬なら何でもいいから欲しいと思っていた。

そんな矢先、柴犬《しばいぬ》の雑種が生まれたので誰かもらって欲しいというクラスメイトが現れ、私は「もらうもらう」とすぐにとびつき、ものすごく遠い町まで自転車に乗って仔犬《こいぬ》をもらいに行った。

犬は絶対に飼ってはいけないと何年間も親から言われ続けてきたが、何年間も我慢してきたのだからもういいだろう。そう思って仔犬を連れて帰り、私は散々叱られた。叱られても、それで済むのならそれでいい。鳥、カメ、犬と揃う事こそ肝心なのだ。この三つが揃ってこそ、私の願望が達成されるのだから。

無事に叱られ終え、仔犬は家で飼われる事になった。しかしこの仔犬は、一か月も経たないうちに私に向かって吠《ほ》えるようになり、ノラ犬ふうな顔になってきた。そして二か月後にはコリー犬どころか、どんな貧乏人も飼っていないほど貧乏臭い犬となり、私はもちろん散歩に行かず、ヒロシに散歩係が回された。

喋らない鳥の世話は母、ノラ犬はヒロシ、小便のカメは婆さん、私の夢は悪夢となって現実化し、家族を苦悩させていた。

それでもまだ私は「カブトムシの幼虫が欲しい」と言って、ヒロシに市場から買ってきてもらい、広口ビンの中に入っている幼虫を明るい場所で眺めたりしていた。幼虫は土の中に住んでいるので、あまり明るい場所で見てはいけないとヒロシからも言われていたのに、ちっともきかずにこうして明るい場所で見ているのだ。この幼虫が、夏には立派なカブトムシに変身し、飼育箱のフタを自力で開けて逃げ出し、家の中を飛び回って暴れ、しまいにゴキブリと間違われて母にスリッパで叩《たた》き殺される運命が待ち受けているとは、まだ誰も知らない。

幼虫の横で、私はお年玉の残りを数えていた。洋服とオカメインコで、三万円もあったお年玉は三千円余りになっていた。ほんの数日間で十分の一になってしまうなんて、はかないものである。

これからどうしよう……と何の対策も無くボンヤリしているところへ、近所のおばさんから子供の家庭教師をやって欲しいというバイトの話が飛び込んできた。

家庭教師なら、大人に叱られずに済むバイトだ。これは都合が良い。私は「やるやる!!」と急にはりきり、カブトムシの幼虫を明るい場所に置き去りにして、店に来ていた近所のおばさんにあいさつをしに行った。

理想の好青年

高校一年も三学期になり、もうすぐ終わってしまうというのに、私には彼氏どころか男友達もいなかった。これは、中学の時代に男子に対して冷たい態度をとってきたせいである。しかし、原因はそれだけではない。

私は、男子を前にするとやたらと緊張するようになっていた。別に好きなタイプの男子でなく、どうでもいいタイプにまで緊張してしまうのだ。大人に対して緊張する感じに似ている。これは男子と接する機会がほとんど無いために、不慣れなのがいけないのだろうと思い、クラスメイトに相談してみた。

親切なクラスメイト達は、「いいよ、紹介してあげるよ」と言い、次々と男子の写真を見せてくれたのだが、それらの写真は次々と私を失望させた。言っちゃ悪いが、どいつもこいつもろくでもない感じだ。単に男子慣れするためにだけでも接したくない。

私は、ぜいたくを言っているつもりは無かった。普通の好青年が良いと言っているだけだ。普通の好青年といえば、普通よりやや顔が良く、頭も良く品も良く、心は優しく礼儀正しく、チャランポランな服など着ず、くだらないゲームセンターや怪しい集会にも行かず、趣味は読書や或いは漫画、それと面白いTV番組をおとなしく見る事、その程度の条件なのに、どうしてみんな私にそういう人を紹介してくれないのか。

せっかくバイトを始めて、少しずつカワイイ服も買い、オシャレもするようになってきたのに、男に不慣れなうえに好青年と知り合う機会もないなんて、これじゃ苦労が台無しだ。一体どうすればいいんだろう。

私は、好青年との出会いについて、日夜考えるようになった。

好青年は、図書館にいるかもしれない。そう思い、何度か市立図書館へ行ったが、いたのは小学生と暇な主婦や老人ばかりだった。書店にいるかもと思い、行くたびに書店には期待していたが、私が行く時間にはそれらしき人物は見当たらなかった。同様にレコード店にも期待していたが、いたためしは無かった。好青年は、トキと共に絶滅寸前なのだろうか。それは困る。何とかして生き延びてもらわないと、私のバイトが台無しだ。

もしも好青年と出会ったら、というテーマについてもよく考えていた。例えばその出会いが書店であれレコード店であれ、私が買おうとして手に取った本かレコードを見て、好青年の方から「あ、それ僕も好きなんです」と話しかけてくるのだ。まずはとにかく好青年の方から話しかけてくれない事には話が進まないので、好青年にはぜひそうして欲しい。

そうなったら、ここは私も男に不慣れだとかそういう事を言っている場合ではない。大チャンスがおとずれているのをハッキリ自覚し、「私もコレが大好きで、いつも読んでいるんです」と話を進める。手に持っている本は、何か面白そうな本だ。今なら私のエッセイ集が一番良いだろう。今の人達がうらやましい。当時は私のエッセイ集はまだ発売されていなかったので、世界の七不思議とかそういう本を持っている事にする。

世界の七不思議ですっかり意気投合した好青年と私は、ツタの絡まる赤いレンガの小さな喫茶店に直行し、窓辺の席でコーヒーとケーキを注文するのだ。私はそれほどコーヒーは好きではなく、飲むと胃が痛くなったので、本当は緑茶の方がいいのだが、ツタまで絡まっている喫茶店でつべこべ言ってられない。

好青年は医者か弁護士か中小企業の社長の息子で、家は駅から徒歩十分以内の閑静な住宅街にあり、美人でバレエを習っている姉がいて、優秀な兄もいるので将来親の面倒は見なくてもいいという事が判明する。コリーを飼っていると言わせてもいいだろう。

ここからが問題だ。私はこの立派な好青年に向かって、自分の家がボロい八百屋で、両親はあんな感じで、姉はひとつも習い事をしておらず、こづかいもバイトをしてどうにかやりくりしている事を告げなければならない。どうしたってここで話が終わる気がする。

私は、なるべく貧乏な好青年がいればいいなと思うようになった。好青年の家は築四十五年以上の狭い木造二階建てで、父親は小学校の頃死亡、母は近所の工場で朝から晩まで働き、好青年も家計を助けるために少しバイトをしながらも、負担の少ない国立大学を目指して夜遅くまで勉強をし、時々面白い本を読み、私のような女の子と知り合う機会はないものだろうかと思いつつ眠るのだ。そんな好青年にはしっかり者の兄がいて、将来親の面倒は見なくても良い。

これでどうだという気がした。これしかないだろうという気がする。この貧乏な好青年なら、私を自転車の後に乗せて、八百屋の店先まで送ってくれるだろう。そしたらうちの両親が感心して、腐る寸前のメロンでも手土産にあげるに違いない。好青年は喜んでそれをもらい、うちの家族に対しても好意を持ち、家に帰ってから母や兄と共に腐る寸前のメロンをおいしいおいしいと言って食べるのだ。

理想
へーきみンち
八百屋なんて
カッコいいなァ
ボクンち貧乏
だからバイト
してるんだ
貧乏でも
明るくて
優秀な
好青年。
どっかに
いないかなァ

全く有難い話としか言いようがない。将来性のある貧乏な好青年ほど理想のタイプは考えられない。考えれば考えるほど、それしかないと思えてくる。

私は、貧乏な好青年との出会いを待った。書店でもレコード店でもあんみつ屋でも、あらゆる場所で貧乏な好青年と出会うんじゃないかと期待していた。貧乏な好青年なら、きっと派手な美人より、貧乏臭い私を好きになるに違いない。全てのストーリーはそこから始まるのだ。こちらとしてはいつでも腐る寸前のメロンを用意して待ってるのだから、さっさと現れてくれないと困る。本当に腐る。

腐りかけのメロンに近寄ってくるのはショウジョウバエだけで、一向に貧乏な好青年が現れる気配は無かった。おかしいなァと首をかしげる日々が続いた。

私は友達とスケート場に行ってみる事にした。貧乏な好青年も、たまにはスケートをしに来るかもしれない。

貧乏な好青年が、私にぶつかって滑って転んで「ごめん」と謝ってくれればそこから話が弾むのになァ……もし何なら、私が滑って転ぶ役でもいい。その場合は貧乏な好青年がすぐ「大丈夫？」と言って助けてくれるに限るけど……と思いながら友達と手をつないで同じ場所をただ何周も回っていた。スケート場には流行のラブソングが次々と流れ、カラ回りしている自分の行動がより一層身にしみた。いつも使わない足の筋肉が痛い。

筋肉痛だけしか得られず、スケート場を去った。友達も、めぼしい男子がいなかったと嘆いていた。この友達が、どのような男子の事をめぼしい対象と言っているのかは知らないが、どうせ私の理想よりうんとくだらないに決まっている。恐らく貧乏ではなく、背が高くて少し不良っぽくて、顔はトシちゃん等にやや似ていりゃ相当めぼしい方だろう。

実際その通りで、たいていのクラスメイトは中途ハンパなトシちゃんやマッチみたいなのと付き合っているか、付き合う事を望んでいた。しかもバスケやサッカー等の球技をやっていると更に良いようだった。

そんな友人達と行動を共にしていても、貧乏な好青年と知り合う確率は低そうだ。だからって、単独行動で男子と知り合えるような知恵も勇気も無いし、果たしてこんな私でも人生で一度ぐらいは恋人ができるのだろうか、という根本的な憂いも抱き始めていた。

男子と接する機会が無いまま高校一年は終了し、春休みを迎えようとしていた。春休み前の全校集会で、校長先生が「このまえも言ったが、キミ達はくだらんオシャレをし、くだらん場所へ出掛け、くだらん男子と交際をしようと思っているようだが、そういう愚かな行為は一切やめなさいっ。キミ達が将来結婚する相手は、ゲームセンターやスケート場などをウロウロしていないはずだ。真面目にいっしょうけんめい勉強し、立派な社会人になるために努力しているだろう。街角でチャラチャラしているような低俗な男子と付き合おうとするんじゃないっ。その事を強く心に留めて、春休みをきちんと過ごすように」と言った。

また全員、うつむいてシーンとしていたが、私は〝なるほどっ!!〟と校長先生の話にひとりで納得していた。

貧乏な好青年は、真面目に勉強しているのだ。だからその辺に見当たらないのだ。書店やレコード店に来たとしても、長居はせずにサッサと去ってしまうのだろう。たまにはスケート場にいるかもしれないなんて思っていたが、やっぱりそんな所に来るわけないのだ。

集会が終わっても、私の心の中では校長先生の言葉が響いていた。さすがに校長先生というのは、正しい事を言うよなァと感心している横で、クラスメイト達が「校長のバカ、ハゲ、わかってない」等と文句を言っていた。

教室に戻ると、厳しい担任の先生が「一年間、いろいろあったけれど、まァ楽しいクラスで良かったな。二年になったら、もっとしっかりしないと、将来やっていけないぞ」と言い残し、違う学校へ異動が決まった。

厳しかったけど、いい先生だったなァ……と思い、私は寂しかった。先生が、何で私が漫画家になりたい事を知っていたのか、それも聞けずにあっけなく先生はいなくなり、春休みがやってきた。

片想い

将来結婚する男子は、その辺をウロウロしてなんかいない。家で真面目に勉強をしているはずだ、という校長先生の言葉に納得した私は、やたらと貧乏な好青年との出会いを期待しなくなった。この空の下のどこかで、きっと真面目に勉強しているに違いないと思うと、自分は勉強していなくても彼にはがんばって欲しいとあてもなく想《おも》いをはせたりするようになった。

高校二年になりクラスが替わり、前のクラスよりはりきっている人が多い感じになってしまったのが私にはやや苦痛だったが、担任は優しい女の先生でホッとした。

四月が過ぎ五月になり、私の誕生日がやってきたが、家族も友人も誰も気づかず、私も特に誰かに告げる事もなく、秘《ひそ》かに十七歳になった。

みんなが忘れていても、自分だけは朝から〝ああ、今日から十七歳になったんだ……〟と思い、十七歳といえば漫画やドラマ等の登場人物だったら青春まっ盛りで、テニスやバレーボールにうち込んで泥だらけで涙を流したり、先輩を好きになって悩んだり、急に旅に出てみたり、だいたいそんなふうな事をしている。私も、今日から十七歳なのだから、そういうふうな事をした方がいいんじゃないのか。せっかく青春なんだし、まっ盛りなんだし、という気持ちになっていた。

だが、スポーツはやりたくないし、これと言って悩みもない。せいぜいおでこのニキビが気になるのが悩みといえば悩みという程度だ。好きになる予定の好青年は只今《ただいま》勉強中だし、旅に出る金も無ければ度胸も無い。何もしない青春、それが私の青春なのか⁉

自分が何もしない青春を送りつつある事に初めて気づいた私は、十七歳を迎えた朝からガッカリした。登校中に見上げた青空も、橋の上から見た富士山も、新緑の若葉もみんな色あせて見えた。

私は何もしない青春を送る者なのだ。何もしない青春を送っている事に気づいても、今さらどうにかできるもんでもないし、こうやって十七歳の日々が単に過ぎてゆくだけなのだ。甘酸っぱい経験とか、きらめきとかときめきとか、そういったヤング感のある形容とは無縁の人生なのだ。

無いものねだりをするのはよそう、と思い私は無理をせずおとなしく毎日を過ごす事にした。バイトに行ったり、テレビで漫才を見たり漫画を読んでいるだけでも充分楽しいじゃないか。変な汗を流すより、こうして何もしない青春を送る方が、かえって正解かもしれない。そんなふうにも思えてきた。

十七歳の誕生日から一週間程度でこのように気を取り直したのだ。諦めも早いが立ち直りも早いのは一見長所のように思えるが、何も進歩はしていない。

何もしない青春を謳歌《おうか》し始めた矢先、いつもの通学路で自転車に乗った男子学生が三人ばかり、次々と通過してゆくのを何気なく見ていた私は、その三人の中のひとりに一目惚《ひとめぼ》れしてしまった。

三人が通過した後、私はカバンを落としたのだ。自分が手でしっかり握っている物を放して落とすなんて、一目惚れでもしなければそんな事はしない。だからこれは一目惚れなのだ、と私はカバンを拾いながら悟った。

自分の身の上に、一目惚れなどという青春らしい事が起こった事にかなり動揺しながらも、先程見た男子の面影を記憶の中で再現しようと必死になっていた。

かなりカッコ良かった気がする。すごく品も良かった気がする。町で一番勉強のできる高校の制服だったのは確かだ。だから真面目に勉強しているのだ。校長先生が言った通り、ああいう男子は家の中にいて、その辺をウロウロしていないが、登校中にはその辺にいるのだ。

もう一度あの男子を見たい。たった数秒しか見てないから、何かの見間違いだったかもしれない。自分の記憶があてにならない事は自分が一番よく知っている。私は印象に強く残った部分を、やたらと強調して記憶に残す質《たち》なのだ。だから少しカッコ良かった程度でも、世界一カッコ良かったような感じに、既に捏造《ねつぞう》しているかもしれない。

一目しか見ていないのに、その瞬間からこのように、見ず知らずの男子の事で頭がいっぱいになるのだから、一目惚れをさせる人というのはたいしたものだ。自分はする側にはなっても、させる側になる事は決してないだろう。今までも、そしてこれからも。

自分の記憶を信用できない私は、あの男子をもう一度見る機会を待っていた。待ちに待った五日後の朝、彼は自転車に乗って現れ、風のように去って行った。

私はよろめいて電信柱にもたれかかり、数秒間そのままそこで休憩した。そして深くため息をつき、自分の記憶が正しかったと確信した。

よく、片想いをすると夕日をじっと見つめていたり、星に向かって祈ったり、ボーッとしてソースとしょうゆを間違えてかけてしまったりすると言われているが、本当にそういう行動を自分もするようになっていた。

あの人は、私の望んでいた貧乏な好青年ではなさそうだ。どう見ても貧乏ふうなところが見当たらない。何らかの苦労をしているようにも思えないし、きっときちんとした家庭のおぼっちゃんに違いない。

だが、もしかしたら百万分の一ぐらいの確率で、貧乏かもしれない。そうだったらいいなァ、できれば、いやぜひ、そうでありますようにと、向こうにしてみりゃとんでもない事を毎晩星に祈った。

仮にもし彼が貧乏だったとしても、自転車でサーッとすれ違う姿を見てボーッとしているだけでは話にならない。こちらはこんなに見ているけれど、向こうは私が見ている事すらちっとも知らないだろう。彼にとっては、私なんて単なる通り道の風景の一部にすぎない。看板と同じレベルの存在といえる。

せめて信号機ぐらいに、彼の注意をひく存在になりたい。赤だったら彼は自転車を止めるし、青なら進む。あの彼にそんな指示を出して言う事をきかせられるなんて、信号機ってすごいなと思う。

　彼の名前も学年も知らぬまま、すれ違う時見かけるだけの片想いは続いた。見かけるたびにふらふらと軽く目が回り、カバンを持つ手の力がゆるんだ。いっそ、目が回ってふらふらしている私を、あの自転車で轢《ひ》いてくれないかと思ったりもしたものだ。そうすれば彼の名前もわかるだろうし、貧乏かどうかもわかるかもしれないし、私の存在も看板以上に認識してもらえるだろう。

　そう願っても彼は私を轢かず、接する機会はいつまで経っても来なかった。梅雨になりどんよりとした空が、私の十七歳の何もしない青春を反映しているようで、より一層うっとうしい。

　そんなある朝、いつものように寝坊をし、慌てて支度をして店先から飛び出して行こうとした瞬間、家の前を通り過ぎてゆく彼の姿が目に入ったので、私はサッと店の奥に身を隠した。

　こんなボロい八百屋からのこのこ登場する姿を見られたくない。カッコ悪い

ハー…どう考えても貧乏そうじゃないけど神様、ぜひ彼が貧乏でありますように…

ったらありゃしない。彼には自分の存在を知ってもらいたいが、八百屋の娘だという事は知られたくないという、複雑な心境だ。

私は自分の家が八百屋だという事に、どんどん嫌気がさしてきた。八百屋でも、繁盛してりゃまだいい。それがうちみたいに、繁盛してない八百屋は最悪だ。親は店番をしながら「売れない売れない」とぼやき、売れ残った野菜は腐り、常にハエが飛び回り、ゴキブリがうろついている。憧れのあの人とは無縁の世界、それが売れない八百屋だ。

八百屋でなければ、この際何でも良かった。もっと狭いボロアパートでも、ボロいくせに変に目立つ八百屋よりましだ。どうせなら星飛雄馬《ほしひゆうま》の家ぐらいボロければ味わいがあるというものだがそういった面白みもない。

私は思い切って、親に商売替えを勧めてみる事にした。どうせ売れなくて困っているのなら、いっその事八百屋をやめて喫茶店にでもしたらいいんじゃないか。喫茶店なら口下手なヒロシでも、無口なマスターとしてカッコ良く新しい人生をやり直せる。黙ってコーヒーを入れて、あとはニヤニヤしてるだけでもどうにかなるだろう。

そのアイディアをそのまま言ったら、思いっきり叱られた。八百屋のおかげで大きくなったのに八百屋を馬鹿にするんじゃない、という事であった。

それなら毎日「売れない売れない」とブツブツ文句を言うなと言いたい。売れなくったっていいじゃないか、この八百屋があればこそ、我が家はみんな幸せなんだ等と言ってニコニコしてりゃ私だって何も無理やりヒロシを喫茶店のマスターにしようなんて思わない。せめて八百屋じゃなく、果物屋にしたらどうかという微《かす》かな方向転換で済むアイディアを提供しただろう。

だいたいうちの親はチャレンジ精神が無いのだ。先代から何年も続けてきた八百屋だから、それを守ってゆこうという心意気があるわけでもなし、何年もやっているからただ何となくやっているだけじゃないか。売れなくても仕方ない、他にやる事もないし今さら喫茶店なんてできっこない気がする、と最初から諦めているのだ。

　親に叱られて、頭にきたのでそんなふうに思ったのだが、そもそも私が見ず知らずの男子に一目惚れし、八百屋がカッコ悪いからというだけの理由で、ヒロシが喫茶店のマスターになってくれるわけないよな……と、クールダウンした。

　落ちついて考えてみれば、親が私の言った事を真に受けて、本当に喫茶店にチャレンジして失敗してしまったら、あのまま八百屋でいりゃ良かったとどれだけ泣いて悔やむだろうか。悔やまずに済んでいるのも、親にチャレンジ精神が無かった賜《たまもの》だ。

　チャレンジ精神の無さを引き継いだ私は、いつまで経ってもあの彼の名前さえ知る事ができず、すれ違う五秒間だけに胸をときめかせつつ目眩《めまい》を起こし続けていた。それ以外は何もしない青春のまま、十七歳の夏がやってきた。

何もしない青春の夏休み

何の予定も無い夏休みがやってきた。他のクラスメイト達は海へ行く予定等を立てていたように思うが、私は海へ行くのは気が進まなかったので、誘われても断ってしまった。それで何の予定も無いのだ。

どうせ海に行ったって、ろくな事は無いのだ。混み合う暑い砂浜で、スクール水着を着た子供達が走り回っていたり、下手すりゃ町内の子供会が浜辺で宝さがしゲームをやっていたりする。そのうえ海は意外と波が荒く水は濁っており、遠浅ではないためすぐに急にガクッと深くなり、溺れそうになっても誰も助けに来てくれない。

そんな目にあうのが関の山だ。クラスメイト達は海に行けば恋のチャンスがあるんじゃないかと思っているようだが、そういうチャンスのある海と無い海があり、うちの近所の海ではまず無い。みんなそれに気づいてないのだ。

　夏は、家でダラダラするに限る。この過ごし方は私の子供の頃からの習慣であり、たぶん正しいのだ。なぜ正しいと言えるのかといえば、うちにはクーラーが無かったので、ダラダラする以外にはやる事が無い。もし、ダラダラ以外に何かをやろうとすれば、暑さにやられ体力を著しく消耗し、倒れる事になるだろう。だからダラダラしているのは正しいのである。

　そのような理由で、私は例年通り毎日ダラダラ過ごしていた。台所の床に寝転んで昼寝をし、夕方は物干し場で夕涼みをし、夜は茶の間でゴロゴロしながらテレビを見たりし、明け方ぬるめの風呂に入って寝る、というプログラムが夏休みの間繰り返されるのだ。これはわりとキチンと繰り返されるので、規則正しい生活をしているともいえる。

　ひとつも悪い事はしていないのに、私は毎日母から文句を言われていた。ダラダラするなと言うのである。こちらとしては、ダラダラする以外にはやる事が無いというのに、それすらしてはいけないなんて言われたら、死ねと言われているのと同じだ。

実際、母は「あんたは家の手伝いもしない、勉強もしない。何にもしないでよくそうやって生きてられるねっ」と言っていた。子供の頃から何回もきいているセリフだ。何もしないでこのようにずっと生きていられるのだから、そのままにしておいてくれりゃいいじゃないかと思う。

母の文句を避け、姉と共同で使っている部屋に行き、窓を開けるとそこには情《なさけ》ない物干し場の風景が広がって見える。広がって見えると言っても広いわけではなく、約六畳ほどの狭さだ。

このくだらない物干し場でも、夏になるたびに私は情熱を注ぎ込んできた。どうにかして、この物干し場が素敵なテラスにならないだろうかという努力をしてきたのだ。

熱帯ふうなテラスにしようと、ツル性の植物を置いてみたり、魚がいた方がいいとコイの稚魚を飼育してみたり、和風がいいんじゃないかと思って盆栽を置いてみたりもした。イスとテーブルがあった方がいいと思い、ダンボール箱に風呂敷をかぶせてテーブルの代わりにし、バケツに座って悦に入った事もあった。

そんな努力をするたびに「ここはベランダやテラスじゃないよっ。物干し場だよっ」と怒られ、蚊にも刺され、物干し場の木の床は傷んで腐り、家族が次々と腐った床板を踏んで底が抜け、足をケガしていた。

私自身も何度か足をケガしたが、それでもこの物干し場が好きだった。好きだったというより、我が家の中で唯一、何かまだどうにかなりそうな可能性のある場所だと感じていたのだ。どうにもならないという事にさっさと気づくべきだが、そこが私の馬鹿なところだ。

夕方になると物干し場に出て、物干し台のサビた手すりの上によじ登り、富士山を眺めたり遠くの町を眺めたり、日が暮れるまで気ままに過ごしていた。

自分の事を、ヒマ人だよなーと思っていたし、いつまでもこんなふうにヒマ人として生きていたいなァと思う一方、いつまでもこんなふうには生きていられないんだろうなァ……という切なさも感じていた。実際、この夏休みが最後のヒマな夏休みになる事に、私はまだ気づいていなかった。

ある晩、私とヒロシは物干し場に出て夜空を見上げていた。その日は流星群が地球に接近しており、流れ星が見えるというので夜空を見上げていたのである。

隣にいるのがヒロシでなく、片想いの彼だったらどんなにいいだろうと何回も思ったがヒロシは彼に変身せず、ヒロシのままパンツ一丁で夜空を見上げていた。

流れ星はなかなか見えなかった。私は一度も流れ星を見た事が無かったので、心の底から見たいと思っていた。流れ星が見えたら、お願いしたい件が山ほどある。

願い事をパンパンに用意して待っていたが三十分以上経っても流れ星は現れなかったので私はすっかり落胆した。やっぱり、こんな物干し場なんかじゃ見えないのだ。立派な家のベランダかテラスで天体望遠鏡のある場合にしか流れ星なんて見えっこないんだ。

そう思った瞬間、スッと夜空に星が流れた。私は、非常に神聖な気持ちになった。今まで、自分のイメージしていた流れ星は、もっとゆっくりキラキラしながら、シャララ……という音まで発して移動するものだと思っていたが、本当の流れ星は、ものすごくシンプルだった。そのシンプルさが圧倒的な宇宙の大きさを感じさせたのだ。

このボロい物干し場で、宇宙の大きさを感じる事ができるなんて思いもよらなかった。私がひたすら感動していると、ヒロシが「おい、一回見たからもういいだろ。ハイ、おしまいおしまい」と勝手に流星群を終了させようとしたので、私は「ちょっと待ってよ」と去ろうとするヒロシを引き止めた。

するとヒロシは「なんだよ、そんなに見たけりゃ一人で見りゃいいじゃねぇか」と言った。ヒロシの言う通り、そんなに見たけりゃ一人で見りゃいいのだが、一人で夜の物干し場にいるのが怖いのだ。私は十七歳になってもオバケを恐れていた。夏の夜の物干し場になんてとても一人でいられない。ヒロシでいいから一緒にいてほしい。

しかしヒロシは毎朝市場へ行くために早寝をしており、これ以上流れ星には付き合ってくれなかった。私はもっと見たかったが、ひとつ見れただけでもまァいいかと思い、ヒロシと共に家の中に入った。

皆が寝静まっても、私は深夜ラジオをききながら、絵を描いたりして楽しく過ごしていた。夜中はオバケが怖いという事以外は、本当に過ごしやすくて良い。涼しいし誰にも文句を言われない。もしも夜中が無かったら、私は考える力が0のまま大人になってしまっただろう。

明け方になり、スズメの声がきこえ始めたら、お風呂に入りに行く。朝にな

夏の夜のようす
げっ2時だ
オバケのじかんだ…
こわいけど起きていたい。
涼しいし自由だし。
窓をあけていたけどこわくて窓の方はぜったい見れない。
オールナイトニッポン
マンガ
ラジオが救い。
←らくがき

らないとオバケが出そうで風呂に入るのも怖いのだ。この朝風呂に関しても、毎日母に注意されていた。私だけ朝風呂に入ると、ガス代がかさむというのだ。そんな事言われても、オバケが怖いんだから仕方ないじゃないか。

オバケの他にもうひとつ、私はゴキブリも恐れていた。ゴキブリは主に店に多く存在していたが、店から台所、風呂場にも広がっており、私は明け方の風呂場で気絶しそうになる事もしばしばあった。

茶の間にゴキブリが出たりすると、それまで家族でくつろいでいたのに、急に全員立ち上がり、私は逃げまどいながら父にぶつかり、父は酒をひっくり返してパンツと畳を濡《ぬ》らし、母は「お父さんは役に立たない」と怒鳴りながら雑誌でゴキブリを叩き、それを見た姉が「あたしの雑誌でやったねっ」等とカンカンに怒るという、メチャクチャな状況になる。

そのようなメチャクチャな状況が、茶の間でも台所でも子供部屋でも、家のどこかで夏から秋まで何回も起こるのだ。

こんなとんでもない目にあうのも、うちが八百屋だからいけないのだ。八百屋でなけりゃゴキブリだっていないのに、八百屋のせいでビクビクしながら生きてゆかなくてはならず、寿命も若干縮んだ気がする。

私はゴキブリが嫌だと何回も親に文句を言ったが、そのたびに「いるんだよ、八百屋だから」とヒロシにも母にも言われ、相手にされなかった。八百屋の子供なんだから、ゴキブリぐらい我慢しろというのだろう。

私の場合、我慢できないものの代表がオバケと下痢とゴキブリだ。八百屋の子供だからという理由で我慢しろと言われても、とっくに我慢の限界を超えている。だがこれ以上文句を言うと逆襲され、私の何もしない生活態度への改善命令が厳しく言い渡されるだろうから、黙っているだけだ。

たまたま店にシーチキンを取りに行った時、急に飛んできたゴキブリのせいで、私は近くに居合わせた姉を突きとばし、姉はコンニャクの入った容器に足を突っ込み負傷した。散々恨まれたが、私のせいではない。ゴキブリのせいだ。

私の飼っていたカブトムシが逃げ、ゴキブリと間違えられて母にスリッパで殺された。これはゴキブリのせいではない。母のせいだ。

夏の暑さだけでも体力を消耗するのに、ゴキブリでいちいち大騒ぎになりますます体力を消耗し、食欲も無くなる。私は何もしないのに体重が減っていたが、母はあんなに働いていても全く体重が減っていないので、よく体型を維持できるなァと体の仕組みを疑った。

うちが八百屋をやっている限り、ゴキブリと共に生きていかなければならないのだという絶望と諦めを抱いていたある日、母がゴキブリ退治のゴキブリ団子を作ると言い出した。近所の人から教えてもらったらしい。

ゴキブリ団子なんて、どうせそんな変な団子を作ったって、効きゃしないに決まっている。そんな団子でうちのゴキブリが全滅したら、その団子でノーベル賞がもらえるだろう。

そう思って、ゴキブリ団子には何も期待していなかった。私が何も手伝わないでダラダラしている横で、母と姉はせっせとゴキブリ団子を作っていた。団子の材料はジャガイモとホウ酸とタマネギらしいが、どう見てもその程度の内容でゴキブリがいなくなるわけがない。

ゴキブリ団子は十円玉ぐらいの大きさで、少し平たい形にされ、ちょうど白玉団子みたいに見えた。それが三十個以上も作られ、店を中心に家のあちこちに置かれた。

私の机の下の隅にも置いてあるのが見えた。どうせ効かないだろうが、別に迷惑な物でもないので気にしなかった。

ゴキブリ団子の効果は、驚くべきものだった。一週間余りで、あんなにいたゴキブリが姿を見せなくなったのである。あの団子を発明した人は、ノーベル賞をもらった方がいい。

どうでもいいと思っていたが、私の机の下にも団子が置いてある事が心強く思えた。こんな私のために、机の下にもぐって団子を置いてくれた母の行動に感謝すると共に、毎日見るたびにデブだよなァと思っていた事を申し訳なく思った。

ところが数日後、私の机の下から子グモが大発生した。ゴキブリ団子だと思っていた物は、クモの卵だったのだ。

私は泣きたかった。こんな事なら、みんなと一緒に海にでも行きゃ良かったと思った。今頃みんなは、スイカ割りでもしてるのかなァ……と思うと、今まででスイカ割りなんてしたいと思った事もないのに、急にしてみたくなった。

うちにはスイカが山ほどあるのに、スイカ割りをしてくれる仲間がいないのが残念だ。ゴキブリはいなくなったけど、仲間もいなくてクモはいる、そういう夏休みが終わった。

物理部の活動

夏休み中、何もしなかった私だが、本当は部活があったのだ。知っていたが、面倒臭いのでサボってしまった。

私は一年の時から物理部に所属していた。物理なんて少しも好きではなく、むしろ嫌いだったが、一番何もしなくて良いクラブだという噂《うわさ》をきいたので、迷う事もなく物理部に入部したのだ。

噂は本当で、私はクラブ活動をほとんどする事がなく、毎日すぐに家に帰れてゴキゲンだった。他のクラブはいくら楽なクラブでも多少なりとも何か用事があり、毎日風のようにさっさと帰れるのは物理部の者だけだった。

しかしながら、いくら楽なクラブだと言っても、少しは苦労もある。物理部に入部した者は、必ずアマチュア無線の免許を取らなくてはならないのだ。アマチュア無線こそ、物理部の最大の活動であり、それ以外には特に無い。つまり、アマチュア無線をやるだけのクラブなのである。

たまちゃんも物理部に入った。私とたまちゃんの他二名、学年でたった四名しか物理部に入らなかった。先輩もかなり少なく、全部合計しても二十名足らずという人気の無いクラブであった。

人気があろうが無かろうが、そんな事はどうでも良かった。さっさと帰れりゃそれでいいのだ。「物理部です」と言うとみんなに笑われたが、笑われないで帰れないより、笑い者でも帰れりゃいい。

帰れる喜びに加え、実は私は子供の頃からアマチュア無線に漠然と憧れており、ああいうのをやれたらいいなァ……と思っていたので、無線の免許を取る事に関しても全く嫌な気はしなかった。嫌どころかむしろ楽しみにしていた。

ところが、無線の免許を取るためには、週に二〜三回、二時間余りに及ぶ講義を一か月半も受けなくてはならず、一回でも欠席したら失格で、更に試験を受けなくてはならないという事を先輩からきかされた。

それをきいて、私はもうアマチュア無線の免許なんていらないや……と思ったのだが、物理部に入部した以上は、どうしてもこれだけはやらないとダメだと先輩にも先生にも言われ、泣く泣く講義を受けに通った。

講義はものすごくつまらないものだった。今思い出そうと思っても、ひとつも思い出せない。たぶん、講義の間ずっと眠っていたのだと思う。学校の授業でも眠り、その後の講義でも眠り、家に帰ってからも夜中には眠り、よくあんなに眠れたものだと我ながら思う。

どうにか欠席しないで講義に参加し、試験用の問題が書かれたプリントを丸暗記し、その通りの試験問題が出されたので無事に合格する事ができた。参加者百名のうち、九十九名が合格した。不合格の一名は、八十過ぎのジィさんだったようだ。お気の毒としか言いようがない。

苦労したものの、生まれて初めて免許をもらった事に感動した。こんな私にも、何かの免許を取る事ができるなんて、やってみるもんだなァという達成感があった。これで、子供の頃から憧れていたアマチュア無線ができるのだ。見知らぬ人と無料で会話ができるなんて、そんな珍しい事を本当にしていいんだろうか。まだ信じられない。

「じゃあ早速やってみなさい」と先生に言われ、無線機の前に座ってみたものの、電源のスイッチさえよくわからない。あんなに講義に参加し、試験まで受かったのにこれだ。

呆れた先生が手本を見せてくれた。慣れた手順でダイヤルを回したり、「ハローCQCQCQ……」と無線用語をペラペラ喋る先生がとても立派な人に見えた。どちらかといえば、みんなから気持ち悪いと言われている先生だったが、この時ばかりはスタートレックのミスタースポックのような知恵のある超人に思え、気持ち悪さも超人がゆえという気がした。

先生の手本を見ても、よくわからなかったし、自分がマイクを持って「ハローCQCQCQ……」なんて言うのかと思うと、絶対にムリだと思った。無線を通じて多くの見知らぬ人達が自分の声をきいているのだ。ちょっとしたラジオのDJをやるのと同じだ。そんな事する勇気はとてもじゃないけど無い。

私以外のメンバーは、「いやだ、できない」と言いながらも先生の指示に従い、どうにかやっていた。みんな、立派だなァと思う。たまちゃんも立派だ。とうとう私もやらされる事になり、おどおどしながらマイクを持ち、「ハ、ハローCQCQCQ……」と言ってみた。ハローと言うだけでも、そんな非日常な事を言ってる自分が恥ずかしい。心臓も早打ちしている様子だ。

すると、隣の町の優秀な高校の物理部の男子生徒から返答があり、無線室は色めき立った。「さくらさん、ガンバレ」と先輩達も応援してくれたが、私は鼻血が出そうになり、マイクを投げ捨てて逃走した。

私はすぐに捕まり、先生からも先輩からも「逃げちゃダメじゃないか」と注意され、もう一回やるように言われたが、もう二度とやりたくなかった。あん

きゃーやだっもう帰るっ
ちょっとあんた逃げてどうすんの
せっかく男子とつながってんのに
もしもし応答して下さい
こらっさくらっまて
先生

なにドキドキする事は人生の中で入学試験の面接だけで充分だ。しなくても済む事ならしない方がいい。

それ以来、私はアマチュア無線には関わらないようにしていた。クラブの時間も他の人がやっているのを見物するだけにしていたし、たまに部活があってもサボっていた。サボっても別に怒られなかったし、どうせ無線をやるだけの活動だったので、やりたくない人は参加しなくてもいいのだろう。

と思って、夏休みの部活も全部休んでいたのだが、先輩達は文化祭の準備をしていたらしかった。夏休み中の部活は、単なるアマチュア無線をやるという活動ではなく、もっと重要な事をやっていたのだ。

私達二年生の部員は、誰も夏休み中に部活に参加しなかったので、先輩達は少し怒っているようだった。一年生の後輩達は、怒っている感じでもなかったが、たぶん呆れていただろう。気まずいなァ……と思ったが、部活をサボったおかげで毎日ダラダラと過ごす事ができたのだから、多少の気まずさぐらい安いものだ。

先輩も後輩も、文化祭に展示するための何か難しそうな機械を作っているようだった。細かい回路が描かれている板に、銅線をハンダでくっつけたりしている。何の機械を作っているのかは、誰も詳しく教えてくれないのでわからなかったが、別に知りたいとも思わなかった。

「二年生は、物理部のポスターでも描いてちょうだい」と先輩に言われ、ひとり二～三枚ずつ描く事になった。先輩や後輩のやっている作業に比べ、非常に単純な作業だ。こんなに楽な仕事で済むのならうれしい。

ポスターを描く作業はすぐに終わり、先輩や後輩達がまだ残って作業をしているのに、私達二年生は帰る事にした。高校の文化祭の準備といえば、漫画やドラマでは青春のクライマックスといえる見せ場だが、私の場合はポスターを描いただけで終わった。

またたくまに文化祭の日はやってきた。他校の男子生徒も来るため、校内は朝からやたらと盛り上がっていた。文化祭で恋が芽生えるんじゃないかと思っている者も多いようだ。もしかしたら、貧乏な好青年とか、憧れのあの男子も来るかもしれないと思ったが、私は何となく気が乗らなかった。

開始時刻と共に、他校の男子達も続々と校内にやってきた。廊下にも部屋にも男子達がいて、あちらこちらで若い男女の笑い声がきこえ、デレデレとした笑顔ばかりが目についた。

私は、なんかとても居たたまれない気持ちになっていた。男子も女子も、恋の相手を物色するためにウロウロし、デレデレし、キャアキャアしているこの状況が非常に低俗に思えたのである。自分が高尚なわけではないが、少なくとも恋の始まりは、こんな雑な状況ではなく、もっと透明感のあるものであって欲しいと感じていた。

雑な状況に耐えられなくなった私は、どさくさにまぎれて家に帰る事にした。今日はお昼のテレビ番組で、大好きなビートたけしが出る予定なので、あんな文化祭に参加するよりもよっぽどテレビを見た方が有意義だと思った。

結局文化祭の三日間を、参加しないでテレビを見て過ごした。母からは何度も「文化祭なのに、あんたそんな事してていいのかね」と言われたが、「いいんだよ」と答えて笑っていた。ホントにいいのかどうかは知らないが、たぶんいいのだろうと思っていた。

文化祭が終了した時刻に学校に行ってみると、もう校内に男子生徒の姿は無く、みんな後片づけに追われていた。

物理部の部室に行ってみると、先輩達が泣いていた。室内は重い空気に包まれ、後輩達もうつむいている。どうやら、夏休みからいっしょうけんめい作った機械が動かず、物理部には全然お客さんが来なかったようだ。

私は、家でテレビを見る事にして本当に良かったと思った。動かない機械と共に三日間も、この気まずい物理部の部屋に居るなんて考えられない。

先輩が泣きながら「さくらさんは、三日間全然来なかったけど、一体どこで何してたの」と尋ねてきたのでドキッとした。私は小さい声で「……自分のクラスの方を手伝ったりしていました」と答え、あとはひたすら黙っていた。

まさかビートたけしを見て笑ってました、なんてとても言えやしない。先輩が泣いている姿を見て、なんだか自分が不真面目な人間に思えてきた。

今まで、自分は真面目だと思っていたが、それは勘違いだったのかもしれない。万引きとか売春等の犯罪行為をしていないから真面目なのだと思い込んでいたが、部活をサボり、文化祭もサボり、先輩が泣いているのをただ見ているだけなんて、真面目な人間のする事じゃない。私は不真面目な人間なんだ。

新しい発見だった。自分は真面目なんだと思い込んでいるとしんどい気持ちになる時もあるが、多少不真面目なところもあるのだと思うといろいろと納得がいく。不真面目なところがあるので、部活をサボっちゃったり呑気にしちゃったりするけれど、万引き等はしない、それが私だ。

そう思いつくと、泣いている先輩達の姿もすがすがしく見えてきた。先輩達は、私が不真面目に夏休みをダラダラ過ごしている間もずっと部活に参加し、文化祭の間もずっと参加し、そして全部失敗して泣いているのだ。真面目な人の青春の涙だ。それはそれでいいじゃないか。

真面目な先輩達が泣いているのをいつまでも眺めていてもしょうがないので帰ろうとしたら、「さくらさんっ、後片づけぐらい手伝ってよ」と怒鳴られた。確かにその通りだ。何も参加しなかったのだから、後片づけぐらい手伝わなければ不真面目すぎる。

参加はしないが後片づけはする、それが私だ。

加藤さん

文化祭が終わり、いつも通りの平凡な学校生活が繰り返されていた。私は文化祭があっても無くてもヒマだったので、学校が終わると相変わらずすぐ家に帰っていた。

家に帰ったあと、加藤《かとう》さんの家にちょくちょく遊びに行っていた。加藤さんとは中学の頃から仲が良く、高校も同じで家も近所だったので、クラスは違ったがよく一緒に遊んでいたのである。

加藤さんは大病院のお医者さんの娘だったので、立派な家に住んでいた。うちから歩いてわずか五分の場所に、うちとは正反対の豪華な世界が存在していたのである。

八十年代初頭から、加藤さんの家は床暖房だったし、ディスポーザーやサウナもあった。パーティールームやゲスト用の寝室や父親の書斎もあり、その全てが私にとってはどんなふうに使っているのか謎だった。

広いリビングには、加藤さんのお母さんが大切に育てているセントポーリアという花がたくさん咲いていた。このセントポーリアは、温度、湿度、光の具合、肥料等の条件がピッタリ合わないと花が咲かないので、設備の整っているお金持ちの家でしか咲かないというわがままな花なのだ。

以前、植物好きな私に加藤さんのお母さんが苗を分けてくれた事があり、私はうれしくて〝絶対に咲かせるぞ〟と決意し、セントポーリアの専門書まで買い、夢中で育てたがひとつも花は咲かなかった。

しかし、たまちゃんの家では咲いていた。他のお金持ちの家でも咲いているのを見かけた。それで貧乏な家では咲かない花だとわかったのである。

そのセントポーリアが咲き乱れるリビングを通り過ぎた奥に、加藤さんの部屋はあった。八畳ぐらいの部屋にはベッドと机とクローゼットがあり、レコードや本もいっぱいあった。

加藤さんはYMOとビートルズが大好きで、いろいろ影響を受けているようだった。シンセサイザーが欲しいと言っていたり、バンドを組みたいと言っていたり、ギターを練習したいと言ったりしていたので、そのたびに私は「ふーん、そうなんだ。で、シンセサイザーって何？」と実に初歩的な質問をした。

そのような初歩的な質問にも加藤さんは面倒臭がらずに詳しく説明してくれたので、ものすごく勉強になった。加藤さんがいなかったら、私は八十年代前半の大部分を味わい損ねていただろう。

たまたま加藤さんの机の中から、小学校の時の絵日記が出てきたので見せてもらうと、『今日はおとうさんとゴルフに行って、そのあとレストランに行ってステーキを食べました』とか『今日は、おきゃくさまが来るので、おかあさんがパーティーのしたくをしていました』というような内容が毎日記されていた。

私はハハ――ッと感心した。金持ちの家の子供は、小さい頃から普通にそういう暮らしをしているんだなァと驚いた。私の日記なんて、スイカを食べて腹が痛くなったとか、姉とケンカをして怒られたとか、雨が降っていたので家の中にいたとか、そんなつまらない事ばかりだ。小さい頃からずっとそれが当り前の生活で、そのままそれが続いている。

私が「すごいねぇ、やっぱり小さい頃からこんな生活してるんだねぇ」と言うと、加藤さんは「面倒臭いだけだよ。あたしはこんな生活イヤなんだ。キチンとしなさいとか勉強しなさいとか、お母さんうるさいし」と言った。

そりゃうちだって同じだ。キチンとしなさいとか勉強しなさいとか、うるさく言われる。どうせ同じ事を言われるのなら、貧乏より金持ちの方がいいじゃないか。

そう言ったら加藤さんは「あたしは貧乏の方がいい」と言ったので、私は「あんた、そんな事言うもんじゃないよ、ホントに」と心の底からたしなめた。

私が親に八百屋をやめて喫茶店にしろとまで申し出た気持ちを、加藤さんはわかってないからそんな事を言うのだ。売れない八百屋の娘より、立派な病院の娘の方が良いに決まっているじゃないか。

クローゼットの中には、お嬢様らしい素敵な洋服がいっぱい入っていた。きっと高い服ばっかりなんだろうなァと思って見ていると加藤さんは「親が買ってくれる服なんて、ダサくて着たくないから、東京に行った時、自分で買ってるんだ」と言った。

加藤さんは、月に二回は東京に遊びに行っていた。なので、東京で今何が流《は》行《や》っているのかもよく知っていた。私は加藤さんから東京の話をきくたびに「へー、東京ってすごいね、すごいね」と、遠い外国の話をきくのと同じ状態で、ため息ばかりついていた。

「このスカート、この前東京で買ったんだけど、私には似合わなかったから、ももちゃんにあげるよ」と加藤さんがくれたスカートは、ピンクのフリフリのスカートで、加藤さんにも似合わないかもしれないが、私にも似合いそうもない気がした。何とも言えずに私が黙ってスカートを見ていると、加藤さんは「それ、原宿で流行ってるんだよ。ローラーの女の子達が着てるんだ。ももちゃんも、ポニーテールにして、頭にリボンつけて、そのスカートはくといいよ」と勧めてくれた。

ローラーとは、ロックンローラーの略だ。ロックンローラーの女の子達が、こういうスカートをはいてポニーテールにリボンをして踊るのが原宿では流行っていたのである。

しかし、私はローラーの意味がわからなかったので、加藤さんの説明も全体的によくわからなかったのだが、とにかく東京の原宿で流行っているのだから、このスカートはオシャレなんだと思い、有難くもらった。

早速そのスカートをはいて外出してみる事にした。加藤さんに教えてもらった通り、ポニーテールにしてリボンもつけた。なんかちょっと変じゃないか……という気もしたが、原宿で流行っているんだからこれでいいんだと気を取り直して外に出ようとした。

するとお店にいた母が「ちょっとアンタ、その恰好《かっこう》は何!?」と仰天したので、私は「こ……これは、東京の原宿で流行ってるんだってさ。だからこれでいいんだよ」と弱い声で言った。

母は「変だよっ」とズバリ言い、更に「ここは清水だよっ。原宿じゃないんだよ。あんた、清水でその恰好はチンドン屋だよっ」とキッパリ言った。

そーだよなー……と思い、深くうなだれて部屋に戻り、着替えた。自分でも変じゃないかと思っていたのだ。母に言われて助かった。あのまま外出していたら、とんだ大恥をかくところだった。ここは清水なんだ。原宿じゃないんだ。その事はいつも心に留めておいた方が良い。

その後、加藤さんから「あのスカート、はいてる?」ときかれたので、私は「うん、一回はいたよ」と答えた。ウソではない。一回はいたけどすぐ脱いだ

ここは清水だよっ
原宿じゃないよっ
…そうだね
ここは清水だよね…
原宿だったとしても
相当みっともない。

だけだ。

　ある日加藤さんの家に行くと、「今日は、小川軒のレイズン・ウイッチがあるから、ひとつあげるよ。食べてごらん、すごいおいしいから」と言ってそれをくれた。食べてみると、なるほどすごくおいしかった。こんなおいしいお菓子、生まれて初めて食べた。

　私がおいしくて感動していると、加藤さんは「私、レーズンサンドは、小川軒のが一番好きなんだ」と言った。私はこんなお菓子を見るのも初めてだったので、他の店のがどういうのかなんて見当もつかなかったが、加藤さんはレーズンサンドを食べ比べているんだと思うと、お菓子ひとつ取ってみても、お金持ちのお嬢さんは経験が違うなァと尊敬した。

　あまりのおいしさに、もうひとつちょうだいとねだり、レーズンサンドを追加でもらった。私がそれを食べていると、加藤さんはレコードをかけてくれた。

「これ、レゲエっていう音楽だよ。ボブ・マーリーっていう人が歌ってるんだ。

レゲエの神様って言われてるんだよ。ジャマイカ人なんだけど、このまえ死んじゃったんだよ」と教えてくれた。

私は、ジャマイカがどの辺にあるのかも全くわからなかったし、そのボブ・マーリーっていう人がそれほど良いとも思わなかったし、レゲエっていう音楽も別に良いとも思わなかった。それよりよっぽど小川軒のレーズンサンドの方が心にしみた。

レゲエの事は無視して、私が「東京には、小川軒があるんだね。レーズンサンドを売っているんだね。いいねぇ」と言うと、加藤さんは「あんた、レゲエの良さがわかってないでしょ。何回かきいてるうちにわかるから。ボブ・マーリーの哀愁も、このリズムも、ああいいなァって思うようになるからさ」と言って、頼んでもいないのにレコードを貸してくれた。

家に帰り、とりあえずレコードをかけてみた。何回もきくうちに、いいなァと思うようになるのかな？　と思いながらきいていた。きいている途中でヒロシがやってきて「お!? なんだおまえ、外国人の曲をきいてんのかよ。こいつ、しわがれた声だな。こいつの歌、いいのか?」と言った。

私もまだ良さがわかっていなかったのだが「うるさいね。これはレゲエっていうんだよ。お父さんには関係無いよ」と言った。本当にヒロシには関係が無い事だ。

ヒロシは「は!? レゲエ!? 何じゃそれ」と言って去って行った。正直言って、私もヒロシとほぼ同じ心境だった。何じゃそれ、と思いながらきいているだけだ。ヒロシにこいつ呼ばわりされたボブ・マーリーの歌声が虚《むな》しく響き、だんだん切なくなってきた。

レゲエの良さがあまりわからないまま、加藤さんにレコードを返した。加藤さんは「まァ、そのうちボブ・マーリーの良さがわかる時が来るよ」と言ってくれたが、私はそんな気がしなかった。

ところが数日後、街角でふとボブ・マーリーの曲が流れているのが耳に入った。私は、ハッとして足を止めた。この独特のリズム、あの声、明るさも哀愁も呑気さも激しさも、全てがたまらなくカッコ良かった。

そのままレコード屋に向かった。そしてボブ・マーリーのレコードを買った。自分が、レゲエのレコードを買おうとしている事が信じられなかったが、少し得意な気もした。

私がやっとボブ・マーリーの良さがわかった頃、加藤さんは念願のシンセサイザーを手に入れていた。外は寒くなり始めていたが、お嬢様は床暖房の部屋でYMOの曲を新品のシンセサイザーで弾いていたのだ。

東京見物

高校生になってから二度目の冬休みがやってきた。何もしないまま正月を迎え、無事にお年玉ももらった。お金が入ったので、私は加藤さんのように東京へ行ってみたくなった。

それで「そうだ、神奈川のおばさんの家に遊びに行こう」と急に思いつき行く事にした。神奈川県といえば、静岡県の隣だけど東京の隣でもある。静岡からも近いけれど東京にも近いのだ。静岡から東京までは遠いが、神奈川までなら一人で行ける気がした。神奈川にさえたどり着けば、そこからはおばさんが東京に連れて行ってくれるだろう。

ひとり旅は初めてだったので、新幹線で小田原に行くだけでもドキドキした。富士市を通過する時には、毎日見てる富士山なのに、〝わー、富士山だァ〟といちいち新鮮に感動した。熱海を通過する時も〝わー、これが熱海かァ〟と感動し、熱海の感動が冷めやらぬうちに小田原に着いた。

小田原に着いた時点で、〝ここは神奈川県なんだ。東京に近いんだ。都会だなァ〟と早くも都会の兆《きざし》にやられ、小田急線に乗り換えたとたん不安になった。おばさんに教えてもらった通りの電車に乗ったつもりだが、本当にこれに乗っていていいんだろうか……と乗っている間ずっと心配で深刻になっていた。

やっと駅に着くと、おばさんといとこ達が待っていてくれたのでホッとした。私はひとりでこんなに遠くまで来られたのだという自信も湧いた。列車等の乗り物に乗りさえすれば、ひとりでも遠くへ行けるものなんだなァ、乗り物ってすごいなァと、人類の発明にもつくづく感動した。

駅からおばさんの家へ向かう途中の坂の上から、富士山の頭が少しだけ見えた。今朝も見たし、さっきも新幹線の中から見たばかりだけど、もうなつかしい気がした。今、私は神奈川県から富士山を見ているのだ。静岡県で見ている私ではないのだ。そんな自分が不思議だ。

その晩、私はおばさんに〝東京へ行きたい〟と言いそびれたため、翌日、みんなで川崎大師へ初詣に行く事になった。

行くつもりもなかったのに、なぜかこうして知らない町のお寺の人ごみの中にいる自分も不思議だった。神奈川まで来れば東京は近いと思っていたけれど、案外遠い。

その晩、私はとうとう「東京に行きたい」とおばさんに告げた。おばさんは「じゃあ明日行こう」と実にあっさり了解してくれた。私は、急に来て「東京に行きたい」なんて言うのは、いくら親戚でもちょっと図々しいかな……と思っていたのだが、思い切って言って良かった。

翌日、私は町田の商店街に、おばさんといとこ達と一緒にたたずんでいた。町田は、ほとんど神奈川かも……と思うけど東京だ。おばさんの家から一番近い東京なのだ。

東京に自分がいる、という事だけでも不思議だった。やっぱり都会だなァと感心し、いつ芸能人に出会ってもいいようにサイン帳も用意して町田の商店街をウロついた。加藤さんも、町田とかに来てるのかもなァ、なんて思ったりもした。加藤さんの口からは一度も町田ときいた事は無かったが、ただ言わなかっただけで、案外ちょくちょく来ているかもしれない。きっと町田を拠点に、原宿とか渋谷に行くのだろう。

なぜか町田が東京の全ての拠点だと思った私は、おばさんに「原宿に行ってみたいんだけど」と言ったら、おばさんは「えっ、原宿!?」と言って驚いた。そして「遠いから明日にしよう」と言い、私は町田と原宿が遠い事を知った。

翌日、私はおばさんといとこ達と、新宿の地下街の喫茶店にいた。原宿へ行くためには小田急線で新宿まで行ってから乗り換えるという事らしい。

私は、自分が新宿という有名な場所にいる事が不思議だった。ここがテレビでよくきく新宿なのか、と思うとこのありふれた感じの喫茶店も大都会の真ん中という気がし、緊張する。少しいい服を着て来て良かった。もちろん、サイン帳もバッグの中に入っている。

　喫茶店で出された水を飲んでみると、カルキ臭がし、とても飲めたものではなかった。私の家はたまたま井戸水が出たので、飲み水はいつも質の良いミネラル水だったのだ。それで尚更東京の水がまずく感じられたのだが、これも大都会の味だと思い、スパゲッティと共に水も全部飲んだ。

　新宿の地下の喫茶店を体験した後、山手線に乗って原宿に向かった。山手線から見える景色は、まさに大都会そのものという感じがした。ビルの多さも大きさも、看板ひとつ見ても静岡とは違う。途中で停《と》まる『代々木』という駅も有名だし、本場のまっ只中にいるんだという感じがどんどんしてきた。芸能人がウヨウヨいそうな気配もする。もしもビートたけしや欽《きん》ちゃんにバッタリ会ったらどうしよう。サインがもらえるか心配だ。

　遂に原宿に着いた。加藤さんがよく行くあの原宿だ。ファッション誌やテレビでもよく見る若者の街だ。そんな街に自分がいるなんて本当に不思議だ。三日前には清水にいたのに今はこんな有名な現場にいるなんて不思議で仕方ない。

おばさんは「竹下通りに行ってみる？」と言った。原宿に来たら、竹下通りに行くのが筋というものだろう。私も当然行くべきだと思っていたのだが、急に〝竹の子族がいるかも……〟と思い怖くなった。竹の子族＝全員不良だと思っていたのである。竹の子族にからまれたら勝ち目は無い。おばさんも私もこてんぱんにぶたれ、サイフを取られ、いとこ達は泣くだけだ。

そう思い、私は竹下通りには行かなくてもいいと、おばさんに告げた。「じゃあ、どうする？」とおばさんに問われ、私は困った。加藤さんは、一体いつもどこに行っているんだろう。

おばさんに、駅の前にある大きな陸橋の上に連れて行かれた。そこでおばさんは「あっちが六本木だよ。そんで、あっちが渋谷だよ。ここをまっすぐ行くと、青山に着くけど、どこに行きたい？」と尋ねた。

私は原宿の陸橋の上でますます困惑した。今、自分が原宿の陸橋の上で困惑している事自体不思議だった。なんでこんな有名な街の空中で困惑しているのだろう。渋谷に行くべきか、六本木に行くべきか、青山に行くべきか、そんな事を一番行ってみたかった原宿で悩んでいるなんて、人生ってよくわからないものだ。

よくわからない感じになっている私に向かって、おばさんは「じゃあ、明治神宮にでも行こうか。すぐそこだし」と言ったので、そうする事になった。

またも初詣をしている自分が、不思議を通り越して謎だった。元日からずいぶん経っていたため、初詣をしているらしき人はかなり少なかった。もしかしたら、もはやこれは初詣とは言わない行為なのかもしれない。だってこれで二度目だし、人もいないし……。

そんな事をボンヤリ考えながら神社の庭を歩いている最中、突然激しい腹の痛みに襲われた。先程飲んだ新宿の喫茶店の水にあたったのである。

私はおばさんに緊急事態が発生している事を告げた。おばさんは、はるか彼方《かなた》にトイレがあるのを発見し、「あそこだよ、行こう」と言って目的地に向かって走った。

あとちょっとでトイレ、という所で、あろう事か結婚式の行列が私達の行く手をはばんだ。行列はおごそかに、ゆっくりゆっくりとしか進まない。私は猛烈に痛む腹を抱え、他人の結婚式の行列を、ただ見守るしかなかった。

東京のこんな有名な神社で、こんな事になっている自分は不思議どころではなく、明らかに厳しい現実に直面している。神社の神様よ、頼むからこの行列をさっさとどこかに行かせて下さい。そんで私も、さっさとトイレに行かせて下さい……!!

神社の神様に祈りは通じず、行列はゆっくり進んでいた。私はまだまだトイレに行けそうもない。

おばさんは「もう、行っちゃいな」と私に横断を勧めた。私も「うん」と答え、行列の途中に飛び込み、列を中断させて横切った。

ギリギリで間にあい、トイレから出ると行列はもういなかった。おばさんといとこ達に「良かったね」と言われ、果たして良かったのかな、という気もしたが、良くない結果になるよりも良かったに違いない。

翌日、私は新幹線の中で鯛《たい》めし弁当を食べていた。小田原でおばさんが買ってくれたのだ。「小田原から静岡まで、すぐに着くから早く食べないとダメだよ」とおばさんが言っていたので、私は言われた通りに急いで食べていた。

鯛めし弁当を食べ終わっても、まだ静岡には着かなかった。早く食べすぎたなァ……と思い、外を見ると大きな富士山が見えてきた。

いつも通り、静岡県で富士山を見る自分に戻った。さっき神奈川県から富士山を見たばかりなのに、もう静岡県から見ている事が不思議だった。家に着くと、行く前と全く同じ状態で机の上が散らかっており、脱力した。

翌日、私は学校にいた。三学期の始業式が行われている最中、〝私はわざわ

結婚式の行列を
横切る私
ガバン！
おばさんたち
ちょっとスイマセン……
ササッ
あっちにトイレ

ざ原宿に行って、明治神宮で下痢をして戻ってきただけ〃という事実を、加藤さんに報告すべきかどうか迷っていた。

東京へ行ったはずなのに、持って帰ってきた手土産が、おばさんのくれた横浜シュウマイと小田原のかまぼこだったというのも、不思議といえば不思議だ。この件も含め、加藤さんには何て説明していいのか新年早々わからなかった。

片想い終了

三学期になり学校が始まると、また登校中に片想いの男子を時々見かけるようになった。

冬休み中は見かけなかったし、東京見物による軽いカルチャーショックで彼の事はやや忘れ気味だったが、見かける日々が戻ってくると、忘れ気味だった事などすっかり忘れて彼の事で頭がいっぱいになった。

東京でも、彼よりカッコイイ人は見かけなかった。原宿の陸橋の上から見ても、彼よりカッコイイ人は見当たらなかった。彼と同じぐらいカッコイイ人もいなかった。彼のカッコ良さは、全国でも相当高い水準なのだ。世界レベルで見ても相当高いだろう。彼に勝つ人なんているんだろうか。きっといないだろう。いない気がする。

という事は、彼はやっぱり世界一カッコイイというわけだ。頭も良いし、あの嫌味の無い笑顔から察すると性格も良さそうだ。そして、たぶん貧乏でもない。

貧乏でなく、頭も良く、性格も良い世界一カッコイイ男子の事を私は好きなんだ……と思うたびに自分にはひとつもつり合うところがないなァ……と思い、しょんぼりした。

彼とつり合うためには、うちの父が急に医者か弁護士になるか、或いは輸入販売業などを始めて大儲《おおもう》けし、私の母は実は今のブタ母ではなく、父が昔浮気したヨーロッパ人の美女で、自分は本当はハーフだとわかったとたんに突然めきめきとハーフらしくなり、苦手な英語もスラスラ喋れるようになり、足は長くなり、胸は大きくなり、ものすごい美人に生まれ変わるのだ。そのぐらいの事が起こらなければ彼とはつり合いがとれないだろう。

そう思うと、自分が美人のハーフだったらいいなァ……と、ハーフな自分に憧れた。行く先々でみんなから「わー、美人だなァ」と言われ、何の苦労もなくあのカッコイイ彼のほうから交際を申し込んでくるのだ。この際、うちが八百屋だったとしても、美人なハーフでありさえすれば彼は交際を申し込んでくるだろう。そのうえ「キミが美人だから、ボクは心配だ」と、心配までしてくれるに違いない。あんなハンサムに心配してもらえるなんて、自分が美人のハーフだったら本当に幸せだ。そうじゃないから私はヒロシにすら心配をしてもらえない。良く言えば安心な娘だ。

私は、もしも自分が美人のハーフだったらという設定が気に入り、細かい設定までいろいろ考え始めた。

ヒロシは何か立派な職業なので、家は五百坪ぐらいで広い庭に犬、テラスにはオウム、家の中には暖炉があり、お手伝いさんが三人いて、私が散らかしてもすぐに片づけてくれるので家の中はいつもきれいだ。

ヨーロッパ人の美人のママはとても優しくフレンドリーで、私の髪もとかしてくれて、料理上手でお菓子も上手。年に三〜四回は、家族で海外旅行をする。

そんな我が家に、私に交際を申し込んだあの彼がやって来るのだが、家の玄関のイメージがなかなか湧かず、悩んだ。洋風なお金持ちの家の玄関って、どうなっているんだろう……そのような些細《ささい》な事で次々つまずき、話はなかなか進まなかった。

暖炉がある部屋というのも、暖炉しか思い浮かばず、ママの作る料理も一体何を作っているのかよくわからず、彼が来た時のヒロシの対応も全く思いつかない。

仕方ないので、彼はうちには来ないで、外でデートする事に変更した。しかし、デートの場所も思いつかない事に気がついた。いくら私が美人のハーフでも、デートに適した場所を知っているかどうかは別問題だ。

こうなったら、彼はスポーツカーに乗っている事にしよう。私だって美人のハーフなんだから、彼だってスポーツカーに乗るぐらいしてもらわないとバランスが悪い。スポーツカーは天井の無いやつで、具体的にはわからないが、とにかくランボルギーニ社のものに限る。

そのスポーツカーに乗りさえすれば、ぐんと話は進む。湘南《しょうなん》とか鎌倉とか、清水港以外の遠くの海に着き、夕日を見ながら彼が「キミが美人だから心配だ」と言うが、私は「将来漫画家になりたいの」と自分の夢を告白する。

だいたいの場合、漫画家になりたいという告白をする前に眠くなり、気がつけば朝か授業が終わる鐘の音という事が多かった。美人のハーフの自分は、どういう服が似合うんだろうとか、彼はどういう服を着ているんだろうとか、たまには犬も一緒にスポーツカーに乗せて連れてった方がいいんじゃないか等とこだわっているうちに眠くなってしまうのだ。

自分が美人のハーフだったら……という件で、三学期の七十パーセント位の時間をムダにした。それでさすがに私も、ほとほとバカバカしくなってきた。

なんで私が、家柄をすり替え、民族の壁まで乗り越えて、美人のハーフにならなきゃならないのか。表面的な事だけしか追ってないじゃないか。もし本当に私が美人のハーフだったとしても、別に天井無しのスポーツカーで海に行きたくもないし、美人だから心配だなんて言って欲しいわけでもない。

気楽に愉快に過ごせりゃいいのだ。面白い事が好きな人がいい。あのカッコイイ彼は、面白い事が好きだろうか。私は漫画が好きだけど、彼はどうだろう。私はお笑い番組が好きだけど、彼はどうだろう……。

私は、ひとつも彼の事を知らない。名前も知らないし、学年も知らない。何が好きかなんて全くわからない。表面だけが好きなタイプだったのだ。それだけの事で莫大《ばくだい》な時間を費し、くだらない夢を細部までこだわっていたなんて、いっぺん考え直した方がいい。

それでよく考え直してみた。単にカッコイイというだけで好きになっていた彼だが、もしも付き合う事になったとして、彼が別に面白くも何ともなかったら、私は彼を振るだろうという、驚くべき答がでたのだ。

今まで、一度も彼を振る自分なんて考えつかなかったが、よく考えてみて良かった。彼は私に振られる可能性を内包している。そもそも、あの外見は面白さには無縁な感じだ。そのうえ、少し面倒臭い男のような気もする。ハンサムだからって、いい気になっているんじゃないか。とすると、ますます私が彼を振る可能性は高まる。

私は彼よりだいぶ優勢になった。わざわざ美人のハーフにならなくても、彼は私に振られる確率が高いのだ。彼の方こそ私に向かって「面白い男になります。面倒な事は一切言いませんから」と泣いてすがってお願いした方がいい。そしたら少しは考えてやろう。

そう思いついたとたん、あの彼に対する恋心は急速に減っていった。たまにすれ違っても、一応目には入るものの、ときめきはほとんど無くなっていた。

私は片想いが終わってゆくのをひしひしと感じていた。あんなに華やいでいた恋の気分が消えてゆくのが寂しい気もしたが、だからってまた恋心を燃やすわけにもいかない。

漫画やドラマだと、片想いが終わる時というのは、好きな人に告白して振られたり、好きな人に相手がいる事が判明してショックを受けたりして、泣くものだ。

しかし私の場合、自分で勝手にケリをつけたので、別に泣くような心境でもなかった。でも、せっかく長期間片想いをし、変な夢まで見続けたのだから、少しでもいいから泣きたい。それが青春というものだ。

私は、泣く場所を風呂場に決めた。風呂場なら、家族に見られる心配もなく泣けるだろう。

湯舟につかりながら、私は片想いの思い出を思い出そうとしたが、これと言って泣ける思い出はひとつも思い浮かばなかった。自分がカバンを落とした事とか、目眩がしたとかそんな事ではとても泣けない。

彼との接点が何も無かった事が泣けない要因なのだ。彼と接した思い出が少しでもあれば、そこに焦点を合わせりゃ涙のひとつも絞り出せるだろうが、接した思い出が全く無いとなると難しい。

　彼とは、思い出が全く無かったなァ……という方向でやってみる事にした。思い出が無くて悲しいなァと何回も思ってみたが、無い思い出の事でそれほど悲しめないものだという事に気づいた。

　だんだん熱くなってきた。これ以上湯舟につかっていたら倒れそうだ。早いところ涙を流さないと大変な事になる。もう何でもいいから泣こうと思い、私は「えーん」と泣いたふりをして顔を湯の中に沈め、泣いた事にした。

　これで私の十七歳の片想いは終わったのだ。相手はハンサムだったたし、泣いた事にしたたし、悔いは無い。

　そんな事よりも、もう三学期が終わるというのに、私は何もしていない事に気づき、ハッとした。

　高校二年生の三学期が終わるという事は、高校に入って二年間分の月日が終

別に泣けないよな〜…
ボケ〜…
思い出もないし。あ〜あ…

わるという事だ。私はこの二年間というもの、何もしない青春を本当に送ってしまった。今までは、何もしない青春でいいじゃないかと思っていたが、高校生活は残りあと一年しかない。

私は、小さい頃からずっと〝高校生になったら、漫画を描いて投稿しよう〟と思っていた。高校に入る直前の、中学三年生の時までそう思っていた。なのに、高校へ入ったとたん一気に志を忘れ、何もせずにヘラヘラと毎日を過ごし、あっという間に二年間も過ぎてしまったなんてこれじゃあんまりお粗末すぎる。うっかりしていたら残り一年も、何もしないまま過ごしてしまうところだった。

気がついて良かった。私は漫画家になりたい。高校を卒業する前に、漫画家になれるかどうか試してみたい。それをやらなきゃ、私の高校生活は全く意味が無い。

片想いの終わりと共に、自分自身への挑戦がやってきた。もうくだらない夢を見ている場合じゃない。まずは明日、紙とペンを買いに文房具屋へ行くべきだろう。

近所の文房具屋が、将来への第一歩だ。

挑戦

高校二年の三学期が終わり、春休みがやってきた。この二年間というもの、何もしなかった事に焦りを感じつつ、私は漫画を描き始めた。

漫画の内容は、ラブコメの少女漫画だ。私は、正統な少女漫画家になりたかったのである。子供の頃から授業中にいっしょうけんめい描き続けた漫画の絵も、目がキラキラした少女漫画の女の子の絵ばかりだった。だから当然、自分の目指すべき作風は伝統的な恋物語の少女漫画だと思っていた。

普段から、らくがきは山のようにしていたが、いよいよ漫画を描いてみようと思うと、非常に難しいものだった。

まず、コマ割りひとつ上手くできない。あんなにいっぱい漫画を読んでいたはずなのにいざ自分でコマを割ってみようと思っても、なかなか難しいものだ。

私はこんな事もできないのか……と驚いた。けっこう描けるんじゃないかと思っていたのに、ものさしを持ったとたんに悩んでいるなんて、なんという情なさだろう。

しかし、ものさしを持ったままじっとしているうちに春休みが終わってしまったら大変だ。上手くできなくても、とにかく進めてゆくしかない。

それで下描きを進めてみたのだが、絵を描くのってなんて難しいんだろう……とまた驚いた。自分は学校の中でも漫画は上手い方だと思っていたが、全然上手く描けない。どう見ても、人物の等身も狂っているし、背景もまるっきり下手だ。道端の木一本さえ上手く描けない。

かなり自信を失いつつあった。いっしょうけんめい描いているつもりだけど、いっしょうけんめいなのと上手いのとは全く別なんだなァ……と思った。なんかもう、やめた方がいいかもしれないなァ……とも思ったが、これは私の小さい頃からの目標だったのだから、一応やるだけやらなきゃ、と思い描き進めた。

十枚ぐらい下描きが進み、何度も読み返してみたが、全然面白くなかった。もしこんな漫画が雑誌に載っていたら、「くだらない。全然面白くない。よくこんな人がデビューできたね。どうかしてるよ」と私は文句を言うだろう。そしてそれを読んだ姉も「そうだね、この人、ダメだね」と同意するだろう。今、自分はそう言われる作品を描いているのだと思うと、激しい徒労感に襲われた。

しかし、くじけないで描くしかないのだ。これは自分自身への挑戦なのだ。描かなければ、最悪な場合、この売れない八百屋を継ぐ人生になるかもしれないのだ。そんな事になる前に、自分の人生を地道に切り開いてゆかなくてはならない。

漫画を描くというのは、非常に地道な作業だ。特にプロになる前の投稿時代というのは、アシスタントもいなければ、道具や設備も最小限しか揃っておらず、孤独にコツコツとやるだけである。でも、この地道な作業が大きな夢につながっているかもしれない。つながっていないかもしれないが、どっちにしても揃える道具が高価な物ではないので、失敗しても痛手は少ないし、気軽にチャレンジできる。その点は非常に良い。

私は毎日、明け方まで描き、昼まで寝て起きたらまた明け方まで描く、というふうにがんばっていた。下手だなァとかダメだなァとか思いつつも、全力だったのである。

そんな私の姿を見て、家族は全員バカにしていた。漫画家になんてなれっこないとか、そんなもん描いてもムダだとか、まァそういう事を言っていた。

私だって、漫画家に絶対になれるなんて信じていたわけではない。たぶん、なれないんだろうなー……と思っていた。でも、もしかしたら、なれる事もあるかもしれないという気持ちがあった。なれるかなれないかは、一度やってみないとわからないではないか。やらなかったら確実になれないが、やってみたら、やらない場合よりもなれる確率はある。

そういう気持ちを常に抱き、家族の冷たいセリフにも怒らずこらえた。私は今、自分の人生の夢に挑戦しているのだ。家族はそれぞれの夢があるんだか無いんだか知らないが、私自身の夢とは無関係だ。私の人生は私のものでしかない。私は今、何が何でもこれをやるのだ。

ペンにインクをつけて漫画を描くのがまた難しかった。慣れていないので、きれいな線が描けない。ただでさえ下手な絵なのに、ペン入れをしたらますます下手になった。

こんなに下手なのに、時間だけはやたらとかかっている。とても疲れるし大変な作業だ。漫画家って、ずっとこんな作業をやり続けているのかと思うと、そんな人生ってどうだろう……と少し考えてしまう。毎日座りっぱなしで細かい作業をし、頭の中は次々とストーリーを考えなくてはならず、一本描き終えてもまたすぐ次の作品を描き始めなくてはならないなんて、私にはムリかもしれない。

挑戦はしているものの、ムリかもと弱気になってきた。自分には向いていないんじゃないかという気がする。描く作業も大変だが、ストーリーを考えるのも大変だ。今描いているこの漫画も、こんなに面白くないストーリーなのに、やっと思いついたのだ。この先、次々と少女漫画のラブコメのストーリーを考えられるかといえば、絶対にムリだ。できそうもない。

少女漫画家として、やってゆけない気持ちが強まり、深刻になった。漫画家って、予想以上に大変な職業だと痛感していた。今まで、実際に描いた事が無かったから、漫画家になりたいと憧れていたが、たった一本、十六ページの作品を描くだけでも、まだできあがらないのに春休みが終わってしまいそうだ。

あっという間に春休みは終わってしまい、三年生の新学期がやってきた。新学期早々、私は寝不足と疲労で、生き生きとした感じではなかったと思う。つまり、死に損ないのような様子で学校に行ったのだ。

私の死に損ないの様子は、毎日続いた。授業中も眠っていたし、休み時間にも眠っていた。クラスメイトからも「どこか体が悪いんじゃない？」と心配されたが、「大丈夫だよ」と返事をするのも面倒臭かった。

四月半ば、やっと原稿が完成した。生まれて初めて、漫画作品を一本仕上げたという達成感を覚え、思いがけず感動した。こんな下手な漫画を仕上げたところで、まさか感動するとは思っていなかったのだ。

この時、私はまだ『さくらももこ』というペンネームを思いついていなかったので、違うペンネームを書いた。ごくありふれた女の名前にしたと思うが、忘れた。

できあがったばかりの原稿を封筒に入れて、郵便局に持って行き、局員さんに手渡すのが恥ずかしかった。この局員さんが『あ、この人は漫画を描いて雑誌に投稿するのか。へー、漫画家志望なんだ。どうせ、なれっこないのに御苦労さんだよなー』なんて思うんじゃないかと、ソワソワして勝手に赤面した。

とりあえず、やるだけやった。四月の締め切りに間に合ったので、結果は六月発売の雑誌に載る予定だ。一体、自分の作品はどのくらいのレベルなんだろう。少しでも漫画家になれそうな素質はあるのだろうか……。

六月の発表まで、気もそぞろだった。まさかとは思うが、もしも何かの賞に入賞していたらどうしよう……と思ったりもした。自分では下手だと思っていたけれど、ひょっとしたら案外上手い方だったりして……という気もしてきた。

六月になり、雑誌の発売日がやってきた。私は学校帰りにスーパーに寄り、雑誌を買ってその場で開いて見た。

入賞どころか、選外のAクラスにも入っていなかった。Bクラスだ。BクラスとCクラスの人達は、問題外というレベルである。私は、問題外だったのだ。ものすごくショックだった。全身の力が脱け、スーパーから家まで辿《たど》り着けるかどうかもわからないほど、足が重かった。

なれるわけないじゃないか。漫画家なんて、なりたい人が山ほどいて、すごく上手でもなかなかなれないのに、別に上手くもない私がちょっと描いてみたからってなれるもんじゃないよなァ……。

私は、風呂場でシクシク泣いていた。片想いが終わった時には泣こうと思っても別に泣けなかったのに、今度は我慢しようと思っても涙が出てきた。

一回ぐらいの挑戦で、諦めちゃいけないとも思ったが、自分のレベルが問題外だったという現実の前に、再挑戦する気力は湧かなかった。私は自分の身の程を知ったのだ。今までは身の程知らずだったのだ。自分の身の程を知り、ひとつ利口になったのかもしれない。こうして大人になってゆくのだろうか。

私は、自分の将来について改めて考え直さなくてはならないと思った。考え直さなくては、八百屋を継ぐ事になってしまう。

早急な方向転換が必要だ。いつまでも泣いてる場合ではない。漫画家になりたかった事など、もう忘れた方が良い。

そう思い、早速考えてみる事にした。自分は、漫画以外に一体何が好きなんだろう?

Bクラス……

梅雨入り直前の重い空の下、私は人生に関わる大きなテーマを抱えて呆然としていた。

方向転換

漫画家になりたいという夢が破れ、ガッカリはしたものの、いつまでもガッカリしていられないと思った私は、次に挑戦すべき事を考えていた。

漫画以外に、自分の好きな事は何だろう……と考えた結果、お笑いが好きだという答が見つかった。

私は漫才師か落語家になるのが向いているかもしれない。人前で喋る勇気はまだ無いが、修業を積むうちに慣れてゆくんじゃないだろうか。喋りのネタなら考えられる気がする。アマチュア無線ではドキドキして喋れなかったが、慣れればラジオ番組でも面白い事を喋れそうな気がする。

これだ!! という気がした。お笑いの人としてデビューして、その後はラジオのDJや、面白レポーターなどでも活躍できるかもしれない。アイドルになりたいと言っているんじゃないんだし、それほど無謀な夢ではないと思った。

もしも自分がお笑い芸人としてデビューする場合、どんな名前がいいかな……と考えてみた。和風な感じがいいんじゃないかという気がする。漫才や落語は日本の文化だからだ。そして、可愛らしい花の名前がいいなァと思った。それで、好きな花の名前を幾つか書いてみた。すみれ、れんげ、さくら、もも、うめ、パンジー、たんぽぽ、など十種類ばかり書いた中で、すみれとさくらとももが残った。

私はすみれの花が大好きだったので、すみれにしようかなと思ったのだが、ふと「さくら、もも」と書いてあるのを見て、さくらももこにしたらいいんじゃないかとひらめいた。この名前なら、苗字《みようじ》も名前も花だし、どっちで呼ばれてもカワイイし、女の子らしいし、春の明るい感じもするし、なんかわくわくする。

あまりにも良い名前を思いつきすぎたんじゃないかと思い、ひとりでドキドキした。こんな調子の良い名前、私なんかが名乗っていいんだろうかという気さえした。それで、その名前を書いた紙は全部消しゴムで消し、誰にも見られないようにした。

いつかお笑い芸人になった時には、さくらももこと名乗ろう、と心の中にメモした私は、一体どうすればお笑い芸人になれるのか悩んでいた。

関西の人なら吉本に入ろうとか思うだろう。東京の人なら浅草のロック座に行こうとか思うのだろう。しかし、東海地方の片隅で平凡に生きてきた私には、どうしたらいいのかさっぱりわからなかった。

一応、クラスメイトにもさりげなく「ねえ、お笑い芸人とか落語家って、どうすりゃなれるんだろうね?」と尋ねてみたが、誰一人知っている者はいなかった。みんな「知らないよ、そんな事」と言うだけだ。先生にきく勇気もないが、このままぐずぐずしていたら、私は地元の短大に推薦入学が決まってしまい、お笑い芸人としてのスタートを切るのが遅れてしまう。

高校卒業と同時に上京した方がいいのなら短大への推薦入学希望を取り消さなくてはならない。たぶん、この一学期中には取り消した方がいいだろう。あと一か月半ぐらいしか無い。早く自分の将来の進路を決めなくては、夢も希望も無いあの八百屋を継ぐ人生になってしまいかねない。

気は焦るのだが、どうする事もできないまま日々は過ぎてゆく。そんな六月のある夜、私は清水市の市民会館の客席に座って、春風亭《しゅんぷうてい》小朝《こあさ》の落語を見ていた。当時、清水の市民会館では、月例お笑い演芸会というイベントをやっており、三枝《さんし》や文珍《ぶんちん》など有名な落語家が毎月来たのである。観客は、比較的年寄りが多かったが、二十代位の人達も少しはいた。しかし、高校生らしき姿は見当たらなかった。でも私は毎月見に行っていた。テレビに出ている落語家さんを直接見られるだけでもうれしかったのだ。

春風亭小朝の落語を見ながら、〝小朝さんに、弟子入りさせて下さい、と申し込んでみたらどうだろうか……〟と思った。小朝さんなら、「バカな事を言うなっ」と怒鳴ったりしなさそうだし、もしかしたら弟子入りの方法を教えてくれるかもしれない。

そんな気がした。そう思うと、おちおち落語もきいてられない気分になった。一刻も早く小朝師匠に弟子入り希望の旨を伝えなくては、という想いがつのり、早く落語が終わればいいのにという非常に失礼な気持ちで客席に座っていた。

落語が終わり、素早く会場を出て、私は市民会館の前をウロウロしていた。小朝師匠がその辺から出てくるんじゃないかと思って見張っていたのだ。

すると、小朝師匠が会場から出てきた。今なら、自分と小朝師匠の距離は十メートル以内だ。チャンスは今しか無い……!!

急な大チャンスに見舞われると、どうして体が動かなくなるのであろうか。小朝師匠はその時、普通にゆっくりと歩いていた。周りを人に囲まれていたわけでもなく、私の十メートル以内の範囲をただゆっくり歩いていたのだ。これ以上のチャンスはもう無いだろう、と思いながら私は小朝師匠が歩いている姿をジッと見ているだけだった。

小朝師匠は、ゆっくり歩いて車に乗り、去って行った。車が去った後、私は市民会館の前でしばらくぼんやりたたずんでいた。

ほんの数秒前まで、小朝師匠は私と十メートル以内の近さだった事がまだ信じられなかった。人生の大チャンスが到来していたのに、それを何もしないまま逃したのだ。

自分は、何て勇気の無い人間だろう。自分の将来に関わる事だったのに、こんなに勇気が無いなんて、これじゃお笑い芸人なんてとてもなれっこない。勇気のある人になりたいな。もっとちゃんとした勇気のある人になりたいな……。

そう思いながら、とぼとぼ家に帰った。

漫画家とかお笑い芸人とか、奇抜な夢を見すぎていたのかもしれないな……

そんな気がしていた。子供の頃は、そんな夢ばかり見ていてもいいかもしれないが、もう十八歳になったんだから、いい加減でまともな人生を歩む事を考えた方がいいのかもしれない。

　このまま地元の短大に推薦入学をし、二年間学生をし、その間に恋をしたり就職活動をし、地元の会社に就職し、上司に叱られながらもＯＬとして働き、結婚をして退社し、主婦となり、円満な家庭を築き、年をとって安らかな死を迎える、そんな人生でもいいじゃないか。何ひとつ悪くない人生じゃないか。結婚さえすれば八百屋も継がなくていいのだ。あとは円満な家庭になるようにがんばって明るい奥さんとして生きるのだ。

　それで充分だと思った。それがまともな、目指すべき人生じゃないかという気がした。

　予定通り、私は地元の短大に推薦入学を希望した。もう進路変更はきかない。これでいいのだ。私はまともな人生を歩むのだ。変わった職業に就いて変わった人生を歩むなんてそんなの、変わり者のする事だ。私は普通がいい。普通に幸せな人生がいい。

ああいい天気。まともな人生に決めてよかった。
短大に行こう!!

将来に迷い、重かった気持ちが晴れると共に梅雨が明けた。夏の青空が、まともな人生を選んだ私に「正解だよ」と告げてくれている気がした。

夏休み前に、短大の国文科への推薦希望者は、作文の模擬テストを受ける事になった。私は作文は得意だったので、気軽な気持ちで作文を書いた。

その作文が、ものすごくほめられた。評価のところに、「エッセイ風のこの文体は、とても高校生の書いたものとは思えない。清少納言が現代に来て書いたようだ」とまで書かれていた。

私はショックを受けた。自分が、歴史上の人物の名まで持ち出されてほめられるなんて、そんな事があるわけない。この評価をしてくれた先生は、どうかしている。

と、冷静になるよう心掛けたが、みぞおちの奥から頭のてっぺんまで熱くなるのが感じられた。うれしい。こんな私の書いた文章を、そんなにほめてくれる人がこの世にいたなんて、うれしくてたまらない。

夏の暑さとうれしさで熱くなっていた私は学校から帰るとすぐに風呂場に直行し、ホースで水を浴びた。うちはシャワーが無かったので、水が浴びたけりゃホースで水を浴びるしか手段が無いのだ。

風呂場の窓が、昼の光で輝いていた。ホースから出ている水がキラキラ輝いていた。水しぶきも全部輝いていた。このろくでもない風呂場全体が、虹色に包まれているように感じた。

水が輝きながら流れているのを見て、私は将来、エッセイを書く人になりたいな……と思った。エッセイを書く人は、エッセイストと呼ばれている事もまだ知らなかった。

そして、ふと〝エッセイを漫画で描いてみたらどうだろうか!!〟と思いついた。そう思いつくと、居ても立ってもいられない気持ちになった。今すぐ、そうしなくてはという思いに駆り立てられ、虹色の風呂場を出た。

再び、近所の文房具屋に向かって走っていた。まともな人生を選んだ事は、すっかり忘れていた。

私は、漫画家になりたい。小さい頃からそう思っていたのだ。絵も好きだし、文章も好きだ。それ以外の事は全部苦手だ。そんな事、最初っからわかっていたのに、私は何を迷っていたんだろう。

今度こそ、うまくゆく気がした。いつものような気のせいじゃない気がしていた。人生に関わる、大きなチャンスが来ているに違いない。

私は文房具屋の帰り道、巴川《ともえがわ》の水の輝きを見ながら、さっきの風呂場の水の輝きを思い出していた。あの日の風呂場の輝きは、一生忘れない。

新しいスタート

「また漫画を描いている。どうせまたダメなんだから、やめりゃいいのに」と家族が次々と同じ事を言った。

家族はわかってないのだ。私が、少女漫画ではなく、エッセイ漫画を描く事に決めた事をわかっていない。少女漫画を描いていた時は、絵が上手く描けないとか、ストーリーが浮かびそうもないとか、様々な困難に襲われ、自信を失い、弱気になっていたが今回は違う。

絵は、一般的な少女漫画とは全然違う方向に変えた。こういう絵を描くのも私は好きだったし、描き始めてみると少女漫画よりずっと自分には合っている感じだ。上手いわけではないが、できる限りていねいに、ものすごく心を込めて描こうと思った。

少女漫画のラブストーリーは、次々と思い浮かぶ気がしなかったが、エッセイ漫画ならできる気がする。できる気がするというより、できない気がしないと言った方が微妙に正確かもしれない。

夏休みになり、睡眠時間以外の全ての時間を漫画のために注いだ。もう去年のような、何もしない夏休みではなかった。

自分では何もしない夏休みとはとても思えなかったが、親から見れば「勉強もしない、手伝いもしない、昼間寝ている、夏休みなのに何もしてないじゃないか」という様子らしかった。昼間寝て夜活動するというパターンだけ見れば、確かに去年と変わっていない。

表面的には変化無しに見えているところが情ないのだが、私にはわかっていた。去年まではファイトが違う。こんなファイト、今まで感じた事が無い。自分はファイトなんて無い人間だと思っていたが、あったんだ、と思うと新鮮な気がした。

八月の締め切りギリギリに間に合い、作品が完成した。私は、最後にこのまま思いついたペンネームを原稿に書いた。なんか、すごく照れ臭かった。

急いで郵便局へ封筒を持って走った。郵便局の帰り道、文房具屋へ寄って漫画用紙を買った。もう今日から次の投稿作品を描こうと思っていた。九月の締め切りに間に合うようにするには、今日から取りかかった方が良い。

漫画を描く事以外の興味は全く無くなっていた。夏休みが終わり、二学期が始まったが毎日漫画を描き続けていた。授業中は眠るか、起きている時は漫画の内容を考えていた。友達から「遊びに行こう」と誘われても全部断った。付き合いが悪いと言われたが、そんな事いちいち気にしていられなかった。

十月になり、八月に送った作品の成績が載っている雑誌の発売日がやってきた。学校にいても落ちつかなかった。〝もう、店に並んでいるんだろうな。私の漫画、どうだったのかな。早く見たいな……〟と、同じ事を何回も思っていた。

もしかしたら、何かの賞に入賞しているかもしれないという気がすごくしていた。前回より、断然手応えを感じていた。でも、あの作風が、全く評価してもらえないんじゃないかという不安もあった。

もしも今回、入賞していなかったら、もう漫画を描くのは本当にやめる事にした方がいい。あの作風でダメだったら、漫画は私には向いてないと思おう。と、覚悟した。やるだけやったんだし、ダメだったらまた何か他を考えよう。今は他には思いつかないけれど、そのうち何か思いつくかもしれない、とダメだった場合の時の事まで早くも考えていた。少しぐらい自信があっても、夢なんてそう簡単に叶《かな》うもんじゃない。そう思っていないと、現実の壁にぶち当たった時のダメージがものすごく大きいから、今回は用心して心に予防線を張ったのだ。

学校の帰り道、スーパーに並んでいた雑誌を買った。前回は、買ったとたんにすぐ見てしまい、大ダメージを受け、スーパーから家まで帰るのも大変だったので、今回は家に帰ってから見る事にした。

帰る途中で、何回も見てしまいそうになった。気になって気になって仕方なかった。

なんとか見ないで家に着き、急いで雑誌の投稿ページを開くと、さくらももこというペンネームと共に、私の描いた絵が小さく載っているのが見えた。入賞したのだ。腰が抜け、尻もちをついた。そしてそのまま数秒間立てなかった。

これまでの人生で、いろいろうれしい事はあったが、これよりもうれしい瞬間というのは体験した事が無かった。今後、またこんなうれしさがあるといいなとは思うが、たぶん人生で二度は無い気がする。

入賞したと言っても、たいした賞ではなく『もうひと息賞』という、その名の通りもうひと息だからガンバレという賞だったので、まだデビューできるわけではなかったが、絶対に叶いっこないはずの夢が、もうひと息で叶うかもしれないという状況になったのだ。信じられない感じだ。手の届かないスーパー

あった……
ヘナ
ヘナ
腰がぬけて
立てない。

スターが自分の町内に引っ越してきたら、信じられないと思うだろう。だいたいそういう感じだ。

全ての迷いが消え、漫画家としてデビューしたいという事だけに私の青春の焦点が合った。自分の将来がどうなるんだろうという事すら何も思いつかなかった。とにかく、デビューをする事が目標だ。先の事はそれから考えればいい。

それから約一年間、私は夢中だった。本来なら、自分の身の上に起こるわけのない事が起こるかもしれないという驚きに似たときめきを胸に抱いて毎日漫画を描いていた。

ほぼ毎月投稿していたので、私は入賞者の常連になっていた。そのたびに「ガンバレ」と編集部からの励ましとアドバイスも書かれており、がんばろうという勇気が湧いた。

家族は「何回も入賞したって、デビューなんてできっこない」と口を揃えて言っていたが、私は無視した。そんなもの目指してもムダだ、やめた方がいい等と家族以外の親戚の人にまで言われたりしたが、大きなお世話だった。素直にやめたとしても、誰も私の人生の責任なんてとってくれない。他の人の人生じゃない、私の人生なんだ、と誰かに何か言われるたびに強く思った。

お世話になった高校を卒業し、短大生になった。学校が終わると毎日バイトに出掛け、夜中に漫画を描いていた。まだデビューが決まったわけではないが、短大を卒業したら上京しようと思っていたので、バイトをして貯金しておこうと思ったのだ。学校に行ってバイトに行って漫画を描いてという毎日は、今にして思えばけっこう大変だったと思うが、当時は別に大変だとも思っていなかった。ただやるだけ、そういう感じだった。

そしてエッセイ漫画を思いついてからちょうど一年後の七月十三日の金曜日の夜、電話がかかってきた。

〝もしや……!!〟と思った私は、二階から大急ぎで電話のある店まで走った。いつもなら階段も店も暗くて怖いのに、もうオバケもゴキブリも怖くなかった。

電話にでると、「おめでとうございます、デビューが決まりましたよ」という声がきこえた。

自分の身の上に起こるはずもない事が、とうとう起こったのだ。人生で、もう二度とは無いだろうと思っていたうれしさを、私は再び体験した。

あれから二十年以上経つが、私は未《いま》だに自分が作家になれた事が信じられないし、作家だという事がうれしい。

あとがき

昨年（二〇〇四年）の夏から、私はビッグコミックスピリッツで『神のちからっ子新聞』という、一応漫画なんだけれども単に漫画とは言えない、変わった新聞の連載を開始した。これは週刊誌の連載なので、毎週描かなくてはならなくて、私にとってはこんなに毎週キチンとやらなくてはならない漫画誌の連載は初めてだったので、自分がちゃんとやれるかどうか不安に思いながらもせっせと真面目に取り組んでいた。

自分にも、週刊の仕事がちゃんとできるんだなァ……と我ながら少し感心していたある日、この『神のちからっ子新聞』の担当の山崎君が「あの、さくらさんは、エッセイはお書きにならないんでしょうか」という質問を投げかけてきた。神のちからっ子新聞の事とは全く関係の無い質問だったので、私は

「は?」とわけのわからなそうな顔をすると、山崎君は「あの、もしエッセイをお書きになる場合は、ぜひ御一報下さい」みたいな事を言っているではないか。

それで私は「はいはい、いつか書きたくなった時ね。今さ、神のちからっ子新聞の事で忙しいから、エッセイはいつになるかわかんないけど、そのうちね」と実に適当に答えた。山崎君も「そりゃそうですよね。今、新聞の事で御多忙中にどうもすみませんでした」と言っていたので、この件はもう忘れたかと思っていた。

ところが数か月後、再び山崎君が「あの、エッセイの事なんですが、そろそろいかがでしょうか」と言い出したので、私はハッとし、「えっ!? エッセイね、ああ、そういえば、まだ全然書こうと思ってなかったよ」と正直に告げた。本当に少しも書こうと思っていなかったのだ。

すると山崎君は「えーと……だいたい、いつ頃ぐらいから書かれる予定ですか」と言ったので私は慌てて「まだいつ頃かとか、そんな事も全然わかんないよ」と答えた。あたふたしている私を見て、山崎君は、「あ……そうですよね。失礼致しました。あの、いつでもかまいませんので、よろしくお願いします」と、いつでもいいという事をていねいに言って去った。

いつでもいいと言われると、ちょっとやってみようかなという気になる。実は、私の中では次のエッセイは青春がテーマかな、という大雑把な計画があった。これは面白いのが書けるんじゃないかというような、胸騒ぎも少し感じていた。ただ、それを書くための時間とファイトときっかけが無かったのだ。

ちょっと書いてみようかという気になり、ちょっと書いてみた。すると、長い間〝次のテーマは青春〟と思っていただけの事はあり、どんどん筆が進んだ。筆が進むと自然にファイトも出てくるもので、不思議な事にあれだけ無い無いと思っていた時間も、惰眠を減らせばなんとかなる事に気づいた。

「いつでもかまいませんから」と言い残して去ったばかりの山崎君に「やり始

めたよ」と知らせると、「えっ、もうですか!?」と非常にびっくりしていた。びっくりするだろうなぁと思って知らせたので、びっくりしたのは正しい反応といえる。

事務所のスタッフも、「先生がエッセイを書き始めた」と言ってびっくりしていた。みんな、反応が正しくて良い。私自身も、まさかこんなに早く取りかかってみようという気になるなんて、びっくりしていた。書きおろしのエッセイは、特に気分に大きく左右される。ノリの問題なのだ。ノリの良い時しか筆が進まない。

このノリは、どうすれば良くなり、どうしたら悪くなるのかという事がわからない。「今、書きたい」という気分になるのをひたすら待つしかないのだ。

他の仕事は、ノリが良かろうが悪かろうが、どうにかがんばりゃできるのだが、エッセイは特別だ。それだけ、集中力がいるのかもしれない。

三月下旬から書き始めて、四月中は自分でも「今日はノッてるなァ」と思う日がかなり多かった。エッセイの事でノッていると、他の事をしたくなくなる。寝るか、エッセイを書くか、どっちか以外はトイレに行くのも面倒なくらいだ。しかし、そうも言ってられないので、他の仕事もやりつつ、雑用もやりつつ、たまには遊びに行ったりもし、まァだいたい普段の生活通りの中で、エッセイをどんどん進めていった。

驚いた事に、一か月半足らずで書きあがった。こんなに早くできるなんて、やっぱりノリが良い時を見はからって書くというのは大切だなァとつくづく思う。担当の山崎君はもともと忙しかったのに急にもっと忙しくなり、本当に大変そうだなァと思う。四月中にできるのなら、もっと前からそう言ってくれよと言いたいところだろうが、そういう愚痴を言わないところが山崎君のえらいところだ。

エッセイの本文が書き終わったので、私はすっかりいい気になり、友人と飲みに行ったり買い物に行ったりして遊んで過ごしていた。二日酔いで丸一日朦《もう》朧《ろう》とする事もあったが、まァエッセイの本文が終わったんだし、あとは『あとがき』だけだからいいや、と思っていたのだ。

が、本の表紙や中身のイラストなどの作業をしなくてはならないのを思い出し、すぐにそれらをやらなくては間に合わないかも……と不安になった。

今回の表紙は、版画にしてみようと思っていたのだ。小学校高学年から中学一年生ぐらいの生徒が、下手なりにもいっしょうけんめい彫ったすもうとりの絵の版画みたいなのができたら面白いんじゃないか、と思いついたのである。どうせ私が彫るのなら、精一杯彫ったって中一男子のレベルだろう。けっこう愉快な表紙になる気がする。

それで急いで彫ってみたのだが、予想以上に難しく、小学校三年生ぐらいのレベルの版画になってしまった。……これはどうだろう、と思ったのだが、〝面白い〟という点だけで言えば、いけるかもしれない。

そう思うと、なんかコレでいいんじゃないかという気がどんどんしてきた。

こんな下手な版画が本の表紙になってるなんて、見たとたん爆笑だ。私ならすぐ買う。もう欲しい感じだ。

　それでやや自信あり気にその版画を山崎君に見せたところ、山崎君は絶句した。そして非常に慎重に言葉を選びながら「……確かに、面白そうな本という感じはしますが……あの、いつものさくらさんの本らしさが、えーと……もう少し出ている方が……」と言った。

　山崎君が絶句した時点で、私は既に我に返り、大恥をかいたと痛感していた。そりゃそうだ、あんな下手な版画を表紙にしようなんて、全くどうかしている。山崎君が止めてくれなかったら超大恥をかくところだった。

　で、表紙はカワイイおすもうさんの絵を描く事にしたのだが、あの版画も面白いので、使わないのも惜しいという事になり、本の本体の表紙に使う事にした。どうです、本体の表紙、面白いでしょう（大恥）。

　さて、今回のエッセイのテーマは私の青春時代という事で、書いていていろいろな事を思ったのでここに記させて頂きたいと思う。

よく、〝夢は願っていれば叶う〟とか〝思い続けていればきっと叶う〟とか言うけれど、私個人としては、人にそんな事をとても言えない。〝叶う事もあるかもしれない〟か、或いは「叶うといいね」という言葉が精一杯だ。みんなが叶うのなら、あゆやヒッキーが何万人もいるだろう。でも実際はそうじゃない。モー娘。だって常に十人前後だ。

でも、叶った人がいないわけではない。だから叶う事もあるかもしれないのだ。

もし夢が見つかった場合、その夢を叶えるためにどういう手順を踏むべきなのかまず考える事が必要だ。オーディションなのか投稿なのか、弟子入りなのか大学受験なのか、夢のルートを見つける事が大事だ。それが見つかったら、あとはやってみるという事になるわけだが、何回かやってみて自分が本当にそれに合っているのかどうか、実力も含めて冷静に判断する事も必要だと思う。

自分はとにかくそれになりたいとか、それ以外に考えられないという情熱だけではどうにもならない場合も多い。どうにかなる職種もあると思うが、それはそれでいいとして、どうにもならない職業の場合は実にシビアなものだ。

そこで、自分には少しムリかもとか合ってないかもと感じたら、微調整を考えてみる事も大事だと思う。私の場合は、一度トライしただけでいきなり大きな方向転換を考えたりしてみたのだが、結果的には正統な少女漫画というのは自分には合っていなかったので、今の作風にするという微調整を行ったのだ。

ひとつのスタイルをずっと追い続けてなかなか上手くゆかなかったら、もしかしたら人生の莫大な時間をムダにしてしまうかもしれない。

自分のできる事と自分のレベルを冷静に自覚し、それなりの手応えを感じれば、まっしぐらに挑戦する時期がある事はすばらしいと思うが、状況に応じて対応できる柔軟な心というのも非常に大切だと私は思う。

簡単にまとめると、夢があったらやってみて、どういう具合か判断し、調整が必要ならそうした方が良い、という事である。

更に言えば、今ここで言っている〝夢が叶った〟というのは例えばデビューしたとか、何かの目的の職業に就けた、という段階であり、単にスタートする機会を得ただけである。本番はそこからだ。本当に夢が叶ったのかどうかなんて、死ぬ寸前になるまでわからない。私だって、とりあえず作家になれた事はうれしいが、夢が叶ったかどうかなんてまだ言えない。そもそも、よく言う夢が叶っている状況ってどういう状況だろうか。

なんか、夢が叶ってる状況って私にはよくわからない。イメージでは、お花に囲まれて蝶《ちょう》の二〜三匹でも飛んでて、お城みたいな家とか、そういうのが夢が叶ったっていう感じだろうか。それを叶った状態だという人もいるだろうが、私は、別にそんな夢は抱いていない。さくらさんの夢は何ですか、ときかれる事もあるが、私は具体的に何かをどうこうしてこうなりたいという夢なんて無い。ただ言える事は、ああ面白かった、満喫したなァと感じながら死を迎えられるように生きてゆきたいというのが、夢というより希望だ。だから毎日、自分の役割をコツコツ果たし、その場その場で細かい事を面白がったり味わったりしている。たぶん、違う職業だったとしても、基本的には同じように過ごしていると思う。

毎日、人の数だけ違う事が起こっている。同じ日なんて無い。一瞬も無い。自分に起こる事をよく観察し、面白がったり考え込んだりする事こそ人生の醍《だい》醐味《ごみ》だと思う。

青春の時期というのは、やみくもに夢だとかああなりたいとかこうなりたいとか思いがちだが、人生って夢やイメージではなく、毎日毎日が続いてゆくものであり、人間が一日にできる事といったらホントにちょっとだけだし、ちょっとだけしかできない事を、楽しんだり味わったりしてゆく気持ちを若い頃から忘れないでいて欲しいと思う。もう若くないよという皆様も。

と、せんえつながら夢についてついつい語ってしまいましたが、若い人達が夢中でがんばっている姿を見ると、涙が出そうになってきます。がんばれ!!って思います。くじけても、すぐ立ち直って欲しい。いっぺんわんわん泣いたら、じゃあ次どうしようかって、考え始めた時から次が始まってます。

皆様、どうか無事で元気でありますように。そしていっぱい、いい事がありますように!!

二〇〇五年　五月

さくら　ももこ

巻末付録 Q&A

――『ひとりずもう』というタイトルはどのように決められたのですか？

自分の青春時代のエッセイを書きたいなぁと思っていた時に、振り返ってみるとあれこれ全部ひとりずもうだったなァ……と思って、それをタイトルにしたらいいと思いました。なんか『ひとりずもう』って、こっけいな感じがする言葉ですしね。私のエッセイにはぴったりかなと思ったんです。

――エッセイを書くときのさくらさんのようすを教えてください。どんな場所で、どんな道具を使って書くのですか。写真や手紙などを眺めて昔のことを思い出したりするのでしょうか？

私の仕事場はすごく狭いんです。約二畳ぐらいのスペースに机とイスがあって、小型テレビと電話とＣＤプレーヤーとＤＳが置いてあります。その他、自分で作った棚に本やペンや原稿用紙が置いてあるんですけど、狭いからちらかります。もっと広い部屋でやればいいのに、どうしてもここで書くのが好きなんですよね……。エッセイを書く時の道具は実にシンプルです。学生の使う四百字詰の作文用紙と百円のシャーペンと消しゴムだけです。あとはお茶とタバコですね。書く時はひたすら集中して黙々と書きます。昔の事を思い出すのも、何かを見て思い出すというのではなく、必死で自分の記憶をたどるだけです。そういう時の自分の姿を客観的に見た事がないので、どんな感じかわからないのですが、一応真面目な顔で取り組んでいるとは思いますよ……。

――なかなか衝撃的な片想い体験でしたが、その後、あの彼を街で見かけたことはありましたか?

ないと思います。もしかしたら見かけたのかもしれませんが、その頃には漫画を描くのに夢中で気がつかなかったと思います。

――昔からペットがお好きなようですが、今は何を飼っていますか?

今は、犬が二匹とカメが三匹とキンギョが三匹です。犬は雑種とチワワ、カメはホシガメとケヅメリクガメ、キンギョはオーロラという種類です。

――理想の好青年(将来性のある貧乏な好青年が望ましい)に対する考え方に、その後変化はありますか?

自分も若かったので将来性がどうこう思ってましたが、もうそんな事言ってる場合の年じゃないですから、将来とか言うより、今充実して生きている人がいいと思います。更に言えば、スッキリしていて明るくて物事をよく味わう人。エキセントリックじゃないというのも重要です。まぁ、結局相性だと思いますけど……。

——十七歳の頃のさくらさんに声をかけてあげられるとしたら、どんなことを？

これから、いろんな事が山ほどあって、くじけそうになる時もあるかもしれないけど、全部がんばれるはずだから、がんばってねって言いたいです。将来の自分にそう言われたら、きっと十七歳の私は「そうなんだ、わかりました」と言って心に刻むと思います。私、そういうとこ素直なんですよ、今も昔も（笑）。

――漫画家への夢が一時、破れたのちに、漫才師か落語家を目指したというのには驚かされましたが、もしあのままお笑い芸人や落語家になっていたらどんな未来が待っていたと思いますか？

全く想像つきませんが、たぶん転職してたと思います。放送作家とかに転職していればいいな……とパラレルワールドの自分の身を案じてしまいますね。

――漫画版も描かれていますが創作する上でエッセイとの違いはありましたか？

全く違いますね。文章の表現と漫画で表現できる事の違いを、今回つくづく感じました。一応、エッセイの進み方とだいたい同じようにマンガも進めたつもりですが、何から何まで感覚が違いました。エッセイではリズムが大切なのに対し、マンガはドラマ性が重要で、頭の中に浮かぶ情景も

全部違います。どちらも、やりがいのある事で、大変な仕事だったけど楽しかったです。

――次に書いてみたいと考えているテーマを教えてください。

ぼんやりとは思っているのですが、中途ハンパな思いつきで発表をしてしまうと企画倒れになってしまうので、ヒミツです。

本書は二〇一〇年一月、小学館文庫として刊行されました。
単行本　二〇〇五年八月　小学館刊

ブックデザイン　西野史奈（テラエンジン）

集英社文庫

ひとりずもう

2019年4月25日　第1刷　　定価はカバーに表示してあります。

著者　さくらももこ

発行者　徳永　真

発行所　株式会社 集英社
東京都千代田区一ツ橋2-5-10　〒101-8050
電話　【編集部】03-3230-6095
【読者係】03-3230-6080
【販売部】03-3230-6393(書店専用)

印刷　凸版印刷株式会社

製本　凸版印刷株式会社

フォーマットデザイン　アリヤマデザインストア　　マークデザイン　居山浩二

ISBN978-4-08-745865-7 C0195